Keika & Tatsurou

春日部こみと

Komito Kasukabe

EB
エタニティ文庫

目次

女神様も恋をする

1

お砂糖菓子のような女の子を夢見ていた。

小さい時に思い描いた理想の自分。

可愛くて、ふわふわで、皆が愛さずにはいられないような。

涙を流せば、可哀想にと誰もが手を差し伸べ、守らずにはいられないような。

そんなお姫様みたいな女性になれるんだって、信じていた。


——今思えば、何を根拠にそんなことを信じていられたのかしら。

藤井麗華《ふじいれいか》はぼんやりとそんなことを考える。

ドライマティーニが美しく注がれた縁《ふち》の薄いグラスを、優雅な手つきで呷《あお》れば、ベルモットの味が口の中に広がった。

隣では後輩の女子が、小鹿のような大きな目にうっすらと涙を浮かべて、一生懸命にしゃべっている。

「不安なんです。彼が私の身体だけが目当てなんじゃないかって……」

麗華は呻《うめ》き声を上げたくなるのを柔和《にゅうわ》な微笑の下に押し隠す。そして目の前の壮年のバーテンダーをちらりと盗み見た。

いくらバーテンダーが黒子的存在とはいえ、男性が目の前にいる事実は変わらない。それなのにこうも赤裸々《せきらら》にこの類《たぐい》の話をしてしまう心理を、正直に言えば理解しかねる。頭が固くて申し訳ない。

こんなことを気にしてしまうのは、麗華と後輩との間にあるジェネレーションギャップだけが原因ではない。そもそも麗華と彼女は三歳しか違わないのだから。

思い当たる主な原因からあえて目を逸らし、麗華は上品にグラスを置くと、柔らかな微笑をたたえて小首を傾げる。緩《ゆる》やかなカーブを描く長い黒髪が、白いシャツから覗く鎖骨の上で揺れた。

「そうねぇ。彼はいくつなの？」

麗華の少し困ったような、けれど慈愛に満ちた聖母のような微笑みに、後輩はうっとりとした顔で答える。

「に、二十六歳です」

後輩の答えに、麗華がふ、と吐息で笑みを零《こぼ》す。

その薔薇《ばら》色の唇から滑り落ちた笑みは、嘲笑《あざわら》うようなものではなく、相手を安堵させる温かいものだ。間近で見た後輩はなぜかポッと頬を染めた。

「若いのね。それなら求めるのも仕方ないかもしれないわ。大丈夫、好きな女の子が目の前にいて手を出さずにはいられないってだけよ。心配しないで」

麗華の声は、女性にしては少し低めの落ち着いたアルトだ。どうやらこの声は聞く人に安堵感を与えるらしい。囁《ささや》き声の助言に、後輩はパッと表情を明るくした。

「そっか……そうですよね。ありがとうございます、麗華先輩！　私なんだか気持ちが軽くなりました。やっぱり『麗華様』は頼りになります。先輩大好き！」

感極まったように言って、後輩は麗華の手をぎゅっと握る。

自分よりも一回りは小さい、きれいにネイルアートが施《ほどこ》されたその手を見つめながら、麗華は口許《くちもと》を更に緩《ゆる》める。

「ふふ、私も大好きよ」

その言葉に偽《いつわ》りはない。

可愛くて、ふわふわしたお砂糖菓子のような女の子は、大好きだ。観賞するだけで幸せな気分になれるから。

だが、それはいくら憧れても自分がそうなれないと気付いてからだった。

麗華は少し切ない気分になって、己《おのれ》のそんな憧憬《しょうけい》に苦笑する。

片や後輩は酒も入ってテンションが高くなってきたのか、両手を胸で組み、目を閉じてうっとりと語り出す。

「ああーん、麗華様ったら、ほんっとうに凛々《りり》しくて、麗《うるわ》しい……！　思い出します。先輩が合気道の全国大会で優勝したあの時の雄姿を！　カッコ良かったぁ。もうもう、先輩はいつまでも私の理想です。ナイトです！」

「あ、ありがとう……」

「あああぁっ、もう、どうして、どうして先輩は男じゃないの!?　先輩が男だったら、絶対、ぜぇったい、彼女にしてもらったのに！」

どうやらかなり酔っていたらしい後輩は、叫びながら抱き付き、麗華の胸に頬擦りをしている。

これが取引先のオッサンだったら憤慨するが、庇護欲のそそられる華奢《きゃしゃ》な女の子相手なら話は別だ。

「可愛い」

心に思ったままに感想を述べて、茶色に染められた髪をヨシヨシと撫でてやる。すると後輩は、麗華の胸に突っ伏したまま「かっこよすぎる……！」と呻《うめ》いて何やら悶絶《もんぜつ》した。

言動がどこかおかしいのはともかくとして、彼女は本当に可愛い。

まさにお姫様といった感じの愛らしさだ。

――わたしには、ないもの。

麗華はこっそりと諦めの溜息を吐いた。

お姫様になれるだなんてお粗末な夢を見ていたのは三、四歳くらいだったろう。

だが、麗華の自己評価である『お姫様』と現実とは、天と地ほどの差があった。

なぜなら、麗華は『王子様』に見られていたのだから。

麗華の父親は、若い時には『和製ゲイリー・クーパー』と呼ばれていたそうだ。日本人離れした彫りの深い端整な顔立ちをしていて、その年代の人の割に上背《うわぜい》もある。

そんな父親そっくりに生まれた麗華は、幼い頃から身体が大きく、キリッとしたイケメン顔。おかげでおままごとでの役割は『お父さん』か『王子様』で、憧れた『お姫様』役が巡ってきたことなど一度もない。

幼稚舎から高校まで一貫の名門女子校に入れられたことも、要因のひとつかもしれない。女子ばかりの閉鎖的な空間で、中性的な麗華は恰好の憧れの的となったのだ。

中学生の頃には、後輩からは『麗お姉様』、同級生や上級生からは『麗様』と呼ばれ、ファンクラブができるほどのスターぶりを発揮していた。

周囲の期待に無意識で応えてしまうという、麗華の性格も災いした。『お姉様』と呼ばれると、笑顔で手を振るなどのファンサービスをやってのけてしまうのだ。これではファンの熱が冷めるはずもない。

高校生になる頃には、麗華自身、『王子様』としての自分に慣れ切ってしまった。少女達から、甘酸っぱい眼差しで見つめられることも、黄色い悲鳴を上げられることも、日常茶飯事《さはんじ》。違和感など全く感じなくなっていた。

こうして形成された麗華の『お姉様』根性は、高校時代のイギリス留学でも発揮された。そして帰国し、日本の大学に入学した後も合気道に傾倒したことで、王子様な上、腕っぷしも強い武道女子となってしまったのである。

無駄な力を使わず効率良く相手を制する合気道は、麗華の性に合っていたのだ。かなり厳しい練習がある部活だったにもかかわらず、楽しんで四年間を過ごした。

この後輩は、合気道に夢中だったその頃に出会った子だ。

彼女は同じ大学の三年後輩で、当時のミスキャンパス。彼女がしつこいナンパに困っていた時、合気道を使って相手を追い払ってやったことがあったのだ。

以来、すっかり麗華に懐いた彼女は、卒業後も麗華を追って同じ会社に就職してしまった。もっとも麗華は総合職、彼女は一般職での採用で、所属する部署が違うため、そうそう頻繁に会うわけではない。

それでも今日のように相談があると言われれば、一緒に呑んだりするくらいには面倒を見ているのだ。

「麗華先輩、今日はありがとうございました！」

可愛らしく挨拶をする後輩と改札口で別れた後、麗華はホームで電車を待ちながら、そっと溜息を吐いた。

「可愛かったなぁ……」

甘えるようにすり寄ってきた後輩の感触を思い出す。

柔らかくて、甘い匂いがして、小動物を愛《め》でている時のような幸せな気分になった。

見ているだけで幸せになれる――それがきっと、麗華がなりたかった『お姫様』だ。

自分もなれると信じていたもの。

「ほんっと、正反対……」

自分に下される評価は、『漢気《おとこぎ》がある』や『男前』、『潔《いさぎよ》い』といった、男性に向けた褒め言葉がほとんどだった。

男性よりも漢気《おとこぎ》のある女子には、彼氏なんぞできない。

そう、『男前女子』街道を驀進《ばくしん》してきた麗華は、彼氏イナイ歴、二十八年なのだ。

勿論《もちろん》、ピッカピカの生娘《きむすめ》のままである。

つまり、だ。

本日、麗華を『麗華お姉様』と慕う可愛い後輩ちゃんのお悩み相談の相手として、麗華ほど相応《ふさわ》しくない者もいなかったというわけで。

――付き合っている男子が身体目当てかどうか？

「そんなもん、私に分かるわけないでしょぉが……」

麗華の情けない呟きは、電車がホームに来るというアナウンスにかき消されたのだった。

2

「おはようございます！」

会社のビルの中に入ると、まず会うのは受付嬢達だ。

麗華が微笑んで挨拶をすれば、彼女達はパッと顔を輝かせて返事をしてくれる。

「お、おはようございます、藤井さん！　今日のスーツ、すごく素敵です！」

「本当、おニューですね！　お似合いです！　麗華さんは、何を着ても素敵ですけど」

「ありがとう。村田《むらた》さん、小山内《おさない》さん。あなた達こそ、今日もとっても可愛いわ」

通りすがりにサラリと返される甘い言葉に、受付嬢達の頬が染まった。

男性が言えば気障《きざ》過ぎる台詞《せりふ》でも、女性である麗華が言えば、甘くて耳当たりの良い褒め言葉になる。女子校育ちで帰国子女の麗華にとっては、女性を褒めるのはもはや挨拶と言ってもいい。

颯爽《さっそう》と立ち去る、ピンと背筋の伸びたスレンダーな後ろ姿を、受付嬢達がうっとりと見送る。

「ああ……今日も麗華様、フェロモン絶好調……いい匂い……そして美声……。どうやったら、あんなに肌つやつやになるんだろう……毛穴レスなんですけど……」

「手足長い……顔小さい……。八頭身超えとか、同じ人間とは思えない……。あたし、麗華様にだったら抱かれてもいい……」

溜息と共に囁《ささや》かれる女子達の憧れを、エレベーターの方向へと歩いて行ってしまった麗華が知ることはなかった。

エレベーターでは経理部の男性社員と一緒になった。

「おはようございます」

「おはようございます」

IDカードを首から下げた彼は、確か入社二年目だ。柔和《にゅうわ》な感じのイケメンで、社内のお姉様達からの評判がいい。

先に乗り込んでいた彼は、麗華が入って来るのを待っていてくれたようだ。開閉ボタンを押していた指を階数ボタンへと移動させ、こちらを見た。

「七階でいいですよね？」

おや、と思い目を上げる。

「ありがとう。……私がどこの部署か知っていた？」

七階は営業部と会議室のみで占める階だ。

話したこともない他部署の若手だったので、意外に思ってそう訊《たず》ねれば、柔和《にゅうわ》なイケメンは眉を大きく上げた。

「そりゃあ。この会社で『営業部の女神』を知らない人間は、モグリですよ」

彼の言葉に、麗華は苦笑を漏らす。

自分に付けられたその妙な二つ名の存在は知っていた。

だが、それが好意的な意味だけのものではないことも分かっている。

最初はきっと、若い男性社員達の酒の席で出た戯言《ざれごと》だったのだろう。そこから面白がって社内で使われるようになって、やがて役員達の耳にも入ったのだ。

『ああ、君が例の「女神様」か。なるほど、傾国《けいこく》の美女もかくや。その美貌ならさぞかし仕事もはかどるだろう』

などと、事あるごとに麗華に嘲笑を投げかけたのは、男性優位主義者で有名な、常務の高井戸《たかいど》だった。女である麗華が気に喰わない高井戸は、そう揶揄《やゆ》することで溜飲《りゅういん》を下げていたのだろう。

しかしその後、高井戸は倫理委員会より厳重注意を喰らうことになる。

この会社の倫理委員会は、労働組合と人事部で構成されていたのだが、なぜかこの直後に、外部の専門家が相談役として迎え入れられたのだ。そして、高井戸の麗華に対する発言が明るみとなった。

結果、高井戸は給料の一部を大幅に減額されるという処分が下ったのである。

この高井戸の件のみならず、この会社には男性優位の体質が依然として存在する。お偉いさんの中には、麗華のように上を目指して仕事をする女性を煙《けむ》たがる人達もいる。その人達にとってこの二つ名は『いい気になっている生意気な小娘』を指しているのだ。

「あらまぁ。それは光栄……なのかしら？」

含みを持たせた言い方でニヤリとすれば、彼は少し慌てたように首を横に振った。

「褒め言葉以外の何物でもないですよ！　やめてくださいよ、僕、殺されます！」

その大袈裟《おおげさ》な物言いに、麗華は呆れて唇を尖《とが》らせた。

「やあね、殺すだなんて物騒な。私はそんなに恐ろしくないわよ」

「そんな、何も藤井さんに殺されるだなんて思っちゃいないですって！　藤井さんのファンにですよ。ホント、怖いんですから」

ブンブンと首を横に振り続ける彼の顔が、心持ち青褪《あおざ》めているのに気付き、麗華はクスクスと笑ってしまった。

この会社で働いて六年目。

入社当時は辛酸も舐めたが、今では周囲から好意的に見てもらえることの方が多くなった。

特に、女性からの支持はかなりあるのではないかという自負がある。

彼が言っているのも、そんな風に麗華を支持してくれる女性社員達のことだろう。

「あら。彼女達、そんなに怖くないわよ。あんなに可愛いのに」

そう言って微笑んだ時、エレベーターがポン、と音を立てて停まった。

静かにドアが開き、見慣れた七階の光景が見えると、麗華は箱の外へ足を向ける。

「それじゃあ。今日一日、お互いに頑張りましょう」

軽く振り返って微笑んだ麗華に、若者は少し頬を染めて会釈《えしゃく》を返した。

颯爽《さっそう》と歩き出す後ろ姿を見送りながら溜息を吐いた彼の呟きは、麗華には届かない。

「美人な上に営業部の出世頭で、性格もいいとか。ホント、貶《けな》すところがない。まさに女神、だよなぁ……」


麗華はこの三楽不動産《さんらくふどうさん》において花形と言われる営業部で、主任を任されている。一応、同期の中では出世している部類になるだろう。

今でこそ、厭味《いやみ》半分とはいえ『女神』などと称されるようになった麗華だが、無論最初からこうだったわけではない。

入社当時の麗華はショートカットで、女性にしては大きい百六十七センチの身体をパンツスーツに包み、ほとんど男子と同化してしまっていた。そうしないと、激務をこなせなかったからだ。

だが取引先や上司の中には、女性が男性のように仕事をすることを良しとしない人達が少なからずいる。

『女は可愛ければいいんだよ。男みたいになったって、男になれるわけじゃなし、女は所詮女なんだから』

などと言われ、それまで麗華が進めていた仕事を他の男性社員に回されたこともあった。

——誰が男になりたいなんて言った⁉

その取引先の男の胸ぐらを掴んで怒鳴ってやりたかった。

なれるものなら、可愛い女の子になりたかった。

でも、なれないんだから仕方ないじゃない。

人には定められた器《うつわ》がある。自分の望む形でなかったとしても、それを受け入れて生きていくしかない。

麗華の器《うつわ》は、残念ながら『お姫様』ではなく『王子様』だったのだ。

そう思い、肩肘を張ってがむしゃらに仕事をし続けてきた麗華の心は、ある時ポッキリと折れてしまった。何が原因というわけではない。強いて言えば、小さな挫折《ざせつ》の積み重ねだろうか。

『女じゃダメだ』『女にはできない』『可愛げのない』『女なんかに』──繰り返し捺《お》される偏見とも呼べる烙印に、麗華の自尊心は少しずつ削られていった。

同時に失われていったのは、いつの間にか育っていた『王子様』としての矜持《きょうじ》。

『お姫様』になれないのなら、せめてお姫様を守る『王子様』になろう──それが、麗華なりの、幼い頃の夢の落としどころだったのだ。なのに、それすらも尽きてしまった。

そうして麗華は仕事だけでなく、自分自身にすら意義を見出せなくなってしまった。

そんな時、いつも彼女の目標となり、救ってくれたのは、憧れの人だった。

「おはよう、藤井さん」

営業部の自分のデスクに着いた途端、背後から艶《つや》のある低音が聞こえてきた。麗華はピクリと肩を震わせてしまう。

この声を、麗華が聞き間違えるわけがない。今まさに、思い返していたその人の声だ。

カァッと顔に血が昇り、ドクドクと心臓が高鳴り出す。しかも発汗までも。彼を前にすれば必ず麗華の身に起きるこの症状は、もはや生理現象になりつつある。

「お、おは、ようございます……さ、桜井《さくらい》、部長……」

いい年をしてしどろもどろになる自分の情けなさに心で涙しつつ、麗華は真っ赤になった顔に微笑みを浮かべて振り返る。

緊張しながらも好きな人を前に自然と笑顔になってしまうのは、恋という病《やまい》ゆえだろう。

振り返った先には、見るからに仕立ての良さそうなスーツで身を包んだ美丈夫《びじょうふ》がいた。桜井辰郎《たつろう》。三十八歳にして営業部の部長まで上り詰めた伝説の男である。そして営業部に籍を置く麗華の上司でもあった。

「いつも早いね」

桜井はモデルのように整った顔を、柔らかく破顔させた。勿論《もちろん》紳士らしく、麗華の動揺には気付いてもいないと言わんばかりに流してくれる。

「い、いいえ、そんな！　ぶ、部長こそ、お早いですね……！」

「今日はちょっとね。会議が急に入ることになったから、目を通しておかなきゃいけない資料があって。そうだ、それで藤井さんに手伝ってもらいたい件があるんだ」

「あ、はい。なんでしょう」

仕事の話になれば、麗華も比較的スムーズに話すことができる。サッと表情を改め、仕事モードに切り替えると、桜井がクスリと笑った。

「部長？」

顔を上げれば、桜井が少し複雑そうな笑みを浮かべてこちらを見ている。穏やかで優しげだが、どこかもどかしげな色を帯びているのは、気のせいだろうか。

麗華が不思議に思って首を小さく傾げれば、桜井はなんでもない、というように首を振った。

「いや。さすがに我らが『女神』は有能だなと思ってね」

「めっ……！　やめてください、部長までそんな」

まさかの二つ名を挙げられ、麗華は恥ずかしいやら情けないやらで、またもや顔を真っ赤にした。

そんな彼女に、桜井は肩を竦《すく》めて笑う。

「美しく、有能、かつ品行方正。あなたは『女神』の名に相応《ふさわ》しいよ。あなたが我が営業部にいてくれて、神に感謝しているくらいだ」

桜井のその言葉を聞いて、麗華の胸に熱いものが込み上げた。

「……っ、ありがとう、ございますっ……、桜井部長……！」

誰よりも、この人に褒められるのが、嬉しい。

この人を目標に、麗華は頑張ってきているのだから。

彼は、実は麗華のインターンシップ時代の教育担当者だった。

当時は総務部の人事課長だった桜井は、その年のインターンシップ生をまとめる責任者だったのだ。

初めて彼を見たのは大学三年の時。こんな絵に描いたようなイケメンが本当に存在するんだなと妙に感心したものだ。

男らしく精悍《せいかん》で、かつ甘さもある容貌は、男性でありながら『美しい』と表現しても違和感がない。百八十はある長身に、何かスポーツをやっていそうな引き締まった身体。その上に乗る頭は驚くほど小さく、仕立ての良い上品なスーツを身にまとう姿は、まるで海外モデルのようだった。

――な、なんでこんなモデルみたいな人がこんなところにいるんだろう……

父親を見て育ったせいでイケメンには多少耐性のある麗華がそう思ったくらいだから、インターンシップ生の女子達からは当然黄色い悲鳴が上がった。

しかしそのミーハーな桜井フィーバーはあっという間に鎮火した。

なぜなら、そのイケメンは紳士ながらも鬼上司だったからだ。

＊＊＊

「この土地の活用について、君達からアイデアを出してもらいたい。この課題のために、他の研修はストップするよう担当者と話を付けたので、今日明日の午後をあてて構わない。必要があれば社外に出てもいいが、直帰の際には一報入れてほしい。二日後の金曜までにレジュメを作って提出するように」

ある日インターンシップ生らを集めて、桜井が笑顔でそう言った。

それは会社が投資用物件として実際に所有している郊外の土地らしい。桜井が配布した資料には、その土地の立地条件だけでなく、駅、病院、役所、学校、幼稚園といった周辺環境や人口についても詳しく記載されている。

当然ながらシミュレーション的な課題だろうと、学生らはもらった資料を読み込み、各々《おのおの》の意見をまとめたレジュメを作成した。

勿論《もちろん》麗華も自分なりに土地の活用法を考察する。

だが終業後、電車に乗ろうとした際に、ふと思い立って路線を変更した。

その土地を実際に目で見てみたいと思ったのだ。

それに、時刻は十八時を過ぎていたものの、夏場だったこともあり辺りはまだ明るく、このまま帰宅するのが惜しいような気がしたのもある。

そうして辿《たど》り着いた件《くだん》の場所で、麗華はびっくりすることになった。

その住所に、確かに空き地はあった。

だが周辺地域の情報が、桜井の資料とは全く違っていたのだ。

桜井の資料ではスーパーだったものが病院であったり、集合住宅があるはずの場所が田んぼであったり、という感じだ。

――どういうこと？

桜井は間違った資料を添付したのだろうか。

——あの桜井さんが？

そう考えて、麗華は首を横に振った。インターン生として一週間ほど関わっただけだが、桜井がそんなポカをするような人物とは思えなかった。

では、インターン生に対する課題のための架空物件だったということだろうか。

でもそれならなぜ『実際に存在する土地』と言う必要があったのか。

頭の中に疑問符が駆け巡っていたが、とりあえず麗華は周辺の施設を調査しながら、二通りの仮説を組み立てた。

ひとつは、この課題は単なるシミュレーションで、桜井は臨場感を演出するために『実際にある土地』だという言い方をした説。

もうひとつは、何らかの意図があって、桜井がわざと間違った情報をインターン生に与えたという説。

考え過ぎかもしれないと思ったが、念のためにと麗華は二パターンのレジュメを提出することにした。

週が明けた月曜日。桜井は会議室に集めたインターン生の前に立ち、レジュメの束をバサリとテーブルの上に置いた。

「君達の提出したレジュメを読ませてもらいました」

ニコリ、と紳士的な笑みを見せ、学生達をぐるりと見回した。ピシリとしたスーツを身にまとったその姿は、まるで映画のワンシーンのように美しく、女子達の間でホゥ、という溜息が漏れる。

その中で麗華だけは、緊張に背筋を伸ばして椅子に座っていた。

「この課題に正解はありません。――だが、不正解はある。その意味が分かるかな?」

問いかけた途端、桜井の微笑みが消えた。

桜井の語気は決して強くない。だが、いつも穏やかな表情を崩さない彼の鋭い真顔に、インターン生達は一斉に身を竦《すく》ませた。

桜井はうん、とおもむろに頷き、ガタリと椅子を引いて自分も腰を下ろす。組まれた脚は驚くほど長く、パイプ椅子の上では窮屈そうに見えた。

「この課題は、この土地をいかに活用するかのアイデアを問うだけのものではない。私はこの課題のために、君達に丸々八時間もの時間を提供した。それだけの時間を費やして得られた結果が『不正解』。正直に言って、ここまで酷いとは思っていなかった」

失望を隠さない桜井の言葉に、インターン生の中から気の強い者が挙手をした。

「桜井課長。我々のレジュメが『不正解』だと仰《おっしゃ》る理由をお教えいただけませんか。我々も懸命に課題に取り組みました。理由をお聞きしないと、その評価に納得できかねます」

すると桜井は「いいね」と表情を少しだけ緩《ゆる》めた。

「君のように声を上げてくれる人がいるのはとても喜ばしい。私は指導は一方的であるべきではないと思っているからね」

意見したことに内心ビクビクしていたに違いない。挙手をした学生はあからさまにホッとした表情になる。

「では教えよう。先日私が君達に渡した資料、あれは正しい内容ではなかった。我が社が所有している土地は実在するが、それについての情報……人口や周辺にある施設等はデタラメのものだ。つまりどんなに良いアイデアを考えたとしても、その資料を元にしている限り、それは役に立たないものになるというわけだ。だから、『不正解』なんだよ」

桜井の言葉に、インターン生達が一気にザワついた。

「じゃ、じゃあ、課長は我々にわざと間違った資料を渡したということですか？　なぜそんなことを？」

学生の苛立ったような声色に、桜井はふ、と息を吐き出すように笑った。

「なぜ？　できればそれは自分で考えてほしいところだが……今回は特別に教えよう。——理由はいくつかあるが、まず諸君には自分達が『試される立場』であることを思い出してもらいたい。我が社がインターンシップ制度を導入した理由に、より優秀で意欲的な人材をいち早く確保したいというものがあるのは、事前説明会で聞いているね？」

　皆が一様に頷いた。桜井の言う通り、その文言は、インターシップ制度についてのパンフレットにも、この会社のホームページにも記載されている。

「即《すなわ》ち今我々は、君達が我が社に適応できるか否かを判断しているということだ。もし私の資料に疑問を持ったり、あるいは実際にこの土地を自分の目で見てみようと考えたりしたならば、『不正解』のレジュメが作成されるはずがないんだ」

　桜井は言って、ぽん、と目の前のレジュメの束を労《いた》わるように叩いた。

「ここは社会だ。学校という、理論や正当性のみがまかり通る守られた場所ではない。情報の真偽は自ら確かめる慎重さを持たねばならないし、あるいは情報に頼らず己《おのれ》の目で、耳で確かめる行動力と好奇心がなくてはならない。与えられた物だけを受け取り動かない者に、満足のいく仕事などできるわけがない」

　言い置き、また立ち上がった桜井に、今度は違う学生が挙手をした。

「……つまり、この課題は『振るい落とし』の一環だったということですか？」

　震える声でかけられた問いに、桜井は僅《わず》かに首を傾げて見せた。

「この課題の結果が採用の合否に直結しているわけではないよ。君達が我が社を希望するかどうかも分からないだろう。正直なところ、我々が君達学生にする期待はとても低いんだ。勿論《もちろん》君達の現状の能力値は大切だが、我々が期待するのはそのポテンシャルだ。与えられた物を糧《かて》に、どう伸びるか、どう増えるか――この課題も、この後君達がどうするかを見るためのものであった、ということにしておこう」

含みを持たせて桜井は話を終え、提出された各自のレジュメを返し始めた。

一人一人の名が呼ばれ、レジュメを渡され、会議室を出て行く。

最後に残されたのは麗華だ。

手渡されたのは、ふたつのレジュメ。

緊張の面持《おももち》ちでそれを受け取る麗華に、桜井は訊《たず》ねた。

「レジュメをふたつ提出したのはあなただけだった」

「……はい」

「ひとつは他の学生と同じように、私の渡した資料に添った内容だった。もうひとつは、全く違う内容のもの。……あなたは、あの土地に実際に行ってみたんだね？」

やはり気付かれていたのだ、と麗華はごくりと唾を呑んで頷いた。

何を言われるのか、予想もつかなかったのだ。

すると桜井は「You did pretty well」と流暢《りゅうちょう》な英語で呟いた。

イギリス帰りの麗華でも美しいと思えるブリティッシュイングリッシュだ。

「私の意図に気付いた学生はあなた一人だけだよ」

パッと顔を上げた麗華に、桜井は微笑みを向けた。

そのきれいな微笑に、けれど麗華はぎゅっと眉根を寄せて言った。

「……意図に、気付いたわけではないんです。私は、偶然、思い付きであの土地を見に行って、そして資料との差に気が付いた。それだけです。桜井課長の意図など分かっていませんでした。ただのシミュレーション的な課題なのかなと思いましたが、折角《せっかく》実際の情報を得たのだから、そちらの条件でのアイデアも作ってみた——本当に、それだけなんです。なので、私も他のインターン生達となんら変わりはないんです」

なぜこんな言い訳めいた発言をしているのかと自分でもおかしくなったが、この時の麗華は必死だった。

他のインターン生らが一生懸命アイデアを練っていたのを見ていたし、自分が気付けたのは単なる偶然だ。

それなのに、他の学生は落胆され、自分だけが褒められるという状況に、罪悪感を抱いてしまったのだ。

黙って麗華の言葉を聞いていた桜井は、不思議そうに目を丸くして顎《あご》に手を置く。

「私は意図に気付くことを目的としてこの課題を出したわけじゃない。あなたを褒めたのは、アイデアを練るために実際に土地を見に行ったという好奇心と行動力についてだ。他者からの評価に対し謙遜《けんそん》するのは社会人として悪いことではないけれど、行き過ぎれば卑屈にも見えるから気を付けた方がいいかもしれないな。自己評価は高過ぎても低過ぎても、いい仕事には繋《つな》がらない。覚えておくといいよ」

桜井の助言には、怒気や嫌悪などの負の感情は一切見られなかった。

「——あ、ありがとう、ございます」

「うん。きっと、あなたはいい仕事ができる人になる。真面目さ、謙虚さ、そして適度な好奇心と行動力。まだアンバランスだけど、一緒に仕事ができたら面白そうだな」

それは社会という海に恐る恐る足を浸《つ》けた麗華にとって、至上の褒め言葉だった。

ぶわっ、と身体中の血が熱くなるのを感じた。

この頃の麗華にとって、桜井は得体の知れない大人だった。

柔和《にゅうわ》な笑顔を崩さないその下には、計算されつくした狡猾《こうかつ》さを隠している。凄いと思う反面、怖いと思ってしまう自分もいた。

社会人になったら、そんな人達を相手にやって行かねばならないのかと、気が重くなっていたのだ。

けれど、その桜井が、自分と仕事をしてみたいと言ってくれた。

もしかしたら自分も彼らの中に入れるのではないか、そんな希望が湧いてきたのだ。

「じゃあ、これ、返すよ」

顔を真っ赤にする麗華の手に、桜井はパサリとレジュメを置いた。

「頑張ってね、藤井、麗華さん」

レジュメの上に書かれた名をなぞるように呼んで、桜井はポンとショートカットの麗華の頭に手を置く。

大きな手は骨張っていて、温かかった。

その日から、桜井辰郎は麗華の目標となったのだ。

＊＊＊

大学を卒業後、麗華は桜井のいる三楽不動産に就職を決めた。

あれ以来桜井と共に仕事をすることを目標に頑張ってきた。

学業は勿論《もちろん》、部活動にも力を入れ、そして一年間の猛勉強の末、宅地建物取引士の資格も取ったのだ。

そうして麗華はかなりの倍率にもかかわらず見事採用されたのだが、配属されたのは営業部。

総合職の新人の多くは営業部に回されるため、半ば予想はしていたものの、ガッカリしてしまった。

なぜなら、桜井は総務部だったからだ。

――一緒に働きたかったんだけどな。

そう嘆いたのは一瞬で、同じ会社に籍を置けただけでも、今は十分だと気合を入れ直す。

だが、その嘆きはすぐに吹き飛んでしまった。

入社後オリエンテーションで営業部課長として紹介されたのは、桜井辰郎その人だったからだ。

「おや、インターンの時の」

麗華を見つけると、桜井は微笑んでそう言った。

「藤井麗華さん。採用されたんだね、おめでとう」

名前まで覚えていてくれたことに感無量となり、麗華はガバリと九十度に腰を折った。

「はい！　まだ右も左も分からない若輩者《じゃくはいもの》ですが、ご指導ご鞭撻《べんたつ》の程よろしくお願い致します！」

「はは、そんなに固くならないで。これから一緒に仕事をしていく同志なんだから、もう少しくだけましょう」

「も、もったいないお言葉です……！」

「ははは、本当に相変わらずだなぁ、藤井さん。まぁ、そういう面も、おいおい、だねぇ。これからどうぞよろしくね」

「は、はいっ」

憧れの人を前にガチガチになったままの麗華の様子に、桜井はクスクスと笑い、手を差し出した。

その大きな手に慌てて自分の手を重ねれば、ついにこの人の傍で働くことができるのだという実感が湧き起こり、麗華は胸が熱くなった。

こんな風に夢のような高揚感に包まれて、麗華は社会人としての一歩を踏み出した――が、その後は散々だった。

新しく覚えなくてはならない事柄が多過ぎて、睡眠時間を削って頭に叩き込んだ。

そして連日の外回りで疲れた身体を労《いた》わる間もなく、書類作成のために残業をする。

合気道で培《つちか》った体力は、男所帯の営業部で男性と同様に働くにはいささか足りなかったようだ。

男所帯の営業部に入った女性新入社員は僅《わず》か三人。

その内の一人は、あまりの過酷さに入社後ひと月で辞めてしまった。

だが残ったもう一人の女性新人社員である伊田《いだ》は違った。女性であることを理由に様々な点で仕事を免《まぬが》れていたのだ。

伊田は茶色く染めた長い髪を巻き、抜かりのないメイクをして、柔らかな色合いのスカートスーツを身に着けていた。

小柄で華奢《きゃしゃ》で、力仕事などしようものなら潰れてしまいそうだったため、男性のみならず麗華も代わってやっていたくらいだ。

しかしその彼女から、提出しなくてはならない資料の作成を手伝ってほしいと頼まれた時に、麗華は断ってしまった。自分の仕事で手一杯だったのだ。

だが伊田は麗華が断ると、見る見る目に涙を溜めた。

「酷い。少し手伝ってって言っただけなのに」

「えっ」

麗華は思わず目をパチクリとさせてしまった。

「ごめんなさい。自分の仕事で手一杯で、手伝う余裕はない」と言っただけだ。その言い方も、決して強い物言いではないので、そんな酷いことは言っていない。

麗華が呆気に取られている間にも、ボロボロと大粒の涙を流し身を震わせる伊田に、周囲の男性社員達が驚いて近寄ってきた。

「おいおい、何泣かしてんだよ、藤井」

「え、いや……」

「お前、伊田ちゃんが可愛いからってキツイこと言ったんじゃねぇの？　伊田ちゃんはお前と違って繊細な女の子なんだから、ちょっと考えてやれよ」

「な……」

なんだそれは。暴言にもほどがある。

あまりの発言に、こんなマンガみたいなアホな台詞《せりふ》を吐く人が本当にいるんだ、と半ば感心すらしてしまった。

すると伊田はいつの間に取り出したのか、きれいなペールピンクのハンカチで目元を拭《ぬぐ》いながら、首を小刻みに振って言う。

「いいえ、私が悪いんです。藤井さんもお忙しいのに、手伝ってなんて言ったから……ごめんなさい、藤井さん」

――えっと、そうですよね、その通りですよ。私は何も悪くないですし……

そう思いながらも、だったらなぜ泣き出す前にその考えに至らなかったのかとツッコミたくなるのは、自分の心が狭いからだろうか。

釈然としないながらも、「いやいや、私の方こそ」などという社交辞令を述べるべく口を開いた瞬間、低い柔らかな声が遮《さえぎ》った。

「そうだねぇ。藤井さんも君と同じ新人で、同じ業務を抱えているんだし、人の手伝いをする余裕がないのは当たり前だろうからね。まして、彼女には私が新たな仕事を任せたところだしなぁ」

麗華の机を囲んでいた数人の人だかりは、一斉に声の方向に顔を向けた。

そこには少し離れた場所で腕を組み、観察でもするようにこちらを眺める桜井の姿があった。

「さ、桜井課長……そんな、あの、他の仕事があるならそう言ってくれれば……」

涙目の伊田は、縋《すが》るように甘い声で桜井の名を呼び、もにょもにょと呟く。

——えっと、私、自分の仕事で手一杯だって言いましたよね？

と、またもやツッコミたくなったが、ここで何か言うのもまた角が立つだろうとグッと堪《こら》える。

そんな伊田に、桜井は微笑を浮かべたまま小首を傾げた。

「ちなみに、君が手伝ってもらおうとしているその書類、藤井さんは数日前にすでに仕上げて提出している。だから次の仕事を頼んだのだが……君はまだできていないようだね」

「あ、あの、でもこれ、期限は今日だって……」

しどろもどろになりながら弁明しようと伊田が口を開けば、桜井は穏やかな口調のまま続けた。

「そうだね、今日提出してくれれば問題ない。私が言いたいのは、藤井さんと君の間では、仕事量の差があるという事実だ。彼女は確実に君よりも仕事量が多い。……ああ、君の仕事に問題があると言っているわけではないよ。仕事は量もさることながら、質の高さも重要だからね。だが、今はそこが論点ではない。君よりも多くの仕事をこなしている藤井さんが、君の仕事を手伝う余裕がないのは当然のことであり、藤井さんが責められる理由は皆無だということだ。君が言いたかったのはそういうことでしょう？」

にっこり、と一点の曇りもない笑顔でそう問いかけられ、伊田はコクコクと首を上下に振った——振るしかなかった。

その目にはもう涙の欠片《かけら》もなく、口許《くちもと》が微妙に引き攣《つ》っている。そう見えたのは、きっと自分の気のせいではないだろう。

「さあ、当事者がこう言っているんだし、そもそも部外者の出る幕など端《はな》からない。大体、君達にこんなところで油を売っている暇はあるのかな？」

桜井がパン、と手を叩いて言えば、男性社員達は蜘蛛《くも》の子を散らすようにして逃げて行った。

「さて、君達も頑張って」

桜井は残された女性社員二人にもそう言い置くと、軽く手を上げて自分のデスクへと戻って行った。

麗華は、やれやれ、と長い息を吐いて椅子に座り肩を下げる。すると、ギリ、と歯軋《はぎし》りのような小さな音が聞こえてきて目を瞬《またた》かせた。

その直後、低くドスの利いた囁《ささや》き声が降ってきた。

「調子乗んないでよ、ブスが」

えっ、と驚いて思わず顔を上げれば、こちらを憎々しげに睨み下ろす般若《はんにゃ》のような伊田の顔があった。

驚愕に目を見開いたまま固まった麗華に、フンッと大きな鼻息を吐き出して彼女は去って行った。

その小柄な後ろ姿を茫然と眺めながら、麗華はずるずると椅子の背を滑った。

――こ、こわっ……！

あんな女性の顔を、麗華は知っていた。

あれは敵とみなした同性に見せる女性特有のマウンティングサインだ。

自分の周囲で女子達がそういう顔で互いを牽制し合っているのを見てきたのだから。

けれど麗華自身にそれを向けられたことはなかった。

なぜなら、女子校において麗華は『男性役』のポジションだったからだ。

だが、男性が多いこの会社では、麗華は『女性』に他ならない。

――つまり、私は彼女達にとって『敵』になりうるのね……

改めて気付かされた現実に愕然《がくぜん》とするが、今はとにかく目の前にある仕事を片付けなくてはならない。

自分で決めたノルマを終わらせるために気持ちを切り替えようと、飲み物を買いに行くことにした。

エレベーターに乗り扉を閉めかけたところで、誰かの手が見えた。

慌てて開閉ボタンを押せば、がっしりとした長身がスルリと入り込んでくる。

「あ、課長……！」

「ごめんね。入れてくれてありがとう」

エレベーターに乗り込んできたのは、桜井だった。

桜井を前にすると、麗華はいつも顔が真っ赤になってしまう。

憧れの人だから仕方ないのかもしれないが、恥ずかしさは拭《ぬぐ》えず、それでまた顔が赤くなるという悪循環ぶりだ。

「ああ、藤井さんも自販機？　私もなんだ。喉が渇いてね」

麗華の押していた階数ボタンを見て桜井が気さくに話しかけてくる。

赤面していることに触れてはこない。そのことに安堵を覚え、麗華は落ち着きを取り戻した。

「あの、先程はありがとうございました」

桜井が助けてくれなければ、あの場で麗華は吊るし上げ同然に責められていたかもしれない。

改めて思い返しブルリと身を震わせれば、桜井が溜息を吐いた。

「いや。女性が少ない職場っていうのも困ったもんだなと、さっきのを見ていて思ったよ」

「え？」

「少ない異性に気に入られようとするのは、まあ自然の摂理なのかもしれないけどね」

「ああ……」

肩を竦《すく》めて話す桜井に、麗華は苦笑を漏らした。

つまり、先程麗華を取り囲んだ男性社員達は、伊田に気に入られたいがために麗華を吊るし上げようとしたということだろう。

「伊田さんは私から見てもとても可愛らしい方ですし、仕方ないですよ」

自分を卑下《ひげ》する言葉にならないよう注意する麗華に、桜井は形の良い眉を顰《ひそ》めた。

「あなただって可愛らしいよ、藤井さん」

一瞬何を言われているのか理解できず、麗華は苦笑のまま数秒固まってしまった。

「…………うえぇっ⁉」

動揺のあまり妙な声が出た。やっと治まったはずの頬の紅潮が、また一気にぶり返したのを感じる。

焦って涙目にすらなっている麗華を、桜井は不思議そうに眺める。

「あなたはどうも自己評価が低いよね。そんなにきれいなのに、なぜなんだろう」

「きっ⁉」

——何を言っちゃってるんでしょう、桜井課長！

パニクる麗華をよそに、桜井はさり気なく麗華の顎《あご》を摘《つ》まむと、くい、と上向かせた。

麗華は目の前に桜井の整った顔が迫って来てギョッとする。

「さ、ささ さ……」

さくらいかちょう、という次に続く音は、桜井の「ふむ」という頷きに行き場を失った。

「やっぱりきれいだ。美しいパーツがあるべき場所に収まっている。それなのにどうして自分の美しさの出し惜しみをしているの？」

その平坦な声色に、桜井が自分の顔を観察しているだけなのだと気付く。自分の狼狽《ろうばい》が滑稽《こっけい》に思えて、麗華は慌てて姿勢を正した。

「あの、美しいかどうかはなんとも言えませんが、出し惜しみ、という言葉にはなんとなく心当たりがあるというか……」

「ふむ？」

麗華の曖昧《あいまい》な返答に、桜井は興味深そうに先を促《うなが》した。

「えっと……私は幼稚舎からずっと女子校育ちだったんです。課長がご存知かは分かりませんが、女子校の中だと、背が高かったり、ボーイッシュだったりする女子は……なんというか、周囲からまるで男子のように扱われるんです」

「ああ……なるほど。あなたはずっと『男役』だったということか」

女子校のそういう事情が男性に上手く伝わるか心配だったが、桜井はアッサリと理解したようだった。かの有名な女性だけの歌劇団をイメージしたのかもしれない。

「そうです。なので、女性らしく振る舞おうにも、その仕方が分からないというか……」

あはは、と後ろ頭に手をやって笑って見せれば、桜井が未だに親指で麗華の顎《あご》を撫でながら思案顔になる。

「ふぅん……でもそうだとしたら、さっきの伊田さんのような女性からの敵意に、戸惑ったんじゃない？」

「えっ……そ、それは……」

桜井が、伊田の麗華への敵意を見抜いていたことに驚きながらも、何と答えていいものか迷う。言いあぐねていると、桜井がクスリと笑った。

「これまで男役だったのなら、女性から向けられる敵意の的にはならなかったはずだ。驚いたでしょう？」

麗華の状況を正確に把握しているだけでなく、心情を丸ごと読み取ったかのような発言に、唖然としてしまった。

「あなたは女子校という特殊な環境下で男役になったことで、女性からは賞賛を受けてきたんだろうね。だが男性がいる『社会』に入った以上、あなたは『女性』に戻ることになる。これからは女性として同性の、あるいは異性の敵意と賞賛の対象となるわけだ」

そこで一旦言葉を切ると、桜井はようやく麗華の顎《あご》から手を離した。

大きな手の少し骨張った感触が離れていくことに、なんだか淋しさを感じてしまう。

そんな自分にビックリしながら、麗華は桜井の一挙一動を見つめていた。

「同性と異性の思惑が交錯《こうさく》する中を生きるには、あなたは少し無防備過ぎる」

「む、無防備、ですか……」

「武器を身に着けなさい、藤井さん」

艶《つや》のある低い声で落とされた穏やかな命令は、まるで厳《おごそ》かな天啓《てんけい》のように聴こえた。

桜井は微笑を浮かべていた。

「資格や取得言語、それにコミュニケーション能力なんかも武器と言えるよね。あとは、人柄なども。そしてもうひとつ。外見だ。人の印象は第一印象で八割決定する。あなたのその美しさは、磨けば大きな武器になる。原石のまま放置しておくのは惜しいよ。武器にするべきだ」

やんわりと諭《さと》すような言葉は、揺るがない重みをもって麗華の腹に落ちる。

「美しさ……」

ふと麗華は、自分が初めて中等部の制服であるセーラー服を着た時のことを思い出していた。

紺色に白のラインの入ったセーラーカラー。

幼稚舎の時はもったりとしたブレザーだったから、セーラー服がとても可愛らしく見えた。

中学生になったらあれを着られるんだと、ワクワクしていたのを覚えている。

だが実際に着てみた時、鏡に映る自分の姿に愕然《がくぜん》としてしまった。

男の子のようなショートカットに、真っ黒に日焼けした凛々《りり》しい顔。

少年が間違ってセーラー服を着てしまった、そんな姿だった。

――私は、女の子らしくない。可愛くないんだ。

自分の中に芽生えたその認識は、麗華の中心にぐさりと刺さった。

少女だった麗華は、まだ可愛らしさ、か弱さなどの女の子らしさへの憧れを持っていて、そのカテゴリから逸脱《いつだつ》した自分に、大きなショックを受けたのだ。

とはいえ、元来あまり悲観的な性格ではなかったため、そのショックをポジティブな方向へ変換した。

『男の子っぽい』を転じて、『カッコイイ』へと。

――女の子らしくなくても、カッコ良ければ、別にいいじゃない。

そうして、立ち振る舞いまでもを少年っぽくするようになったのは、この頃からだった。

だが、社会人になればそうもいかない。男にもなり切れず、女であることを強みにもできない麗華は、確かに生きづらい性質だと言えるだろう。

その事実に薄々気付きながらも、これまで見て見ぬふりをしてきたことを、麗華は認識したのだ。

そしてそれを指摘してくれた桜井に、崇拝にも近い感情が湧いて出た。

だって、言いづらい内容だ。

下手をすれば麗華のユニセックスさを非難したと捉えられかねない。

あるいは、セクハラだと言われる可能性もあるのに、それを押して桜井は麗華に忠告してくれた。

――桜井課長は、私が変われると、信じてくれているんだ。

武器を身に着けろ、と桜井は言った。そして麗華の中にその武器はあるんだとも。

――だったら、やってみせる。

やってやろうじゃないか。

武器を磨いて、強《したた》かに、しなやかに生きるために。

麗華は顔を上げた。

桜井がいつもの穏やかな表情で、真っ直ぐに麗華を見つめている。

「やります、桜井課長。武器になるようなものが私の中にあるのなら、武器にしてみせます」

——あなたのようになりたい、桜井さん。

桜井のように、穏やかで、揺るがず、けれど柔軟に、しなやかな、大きな人間に。

これまでもそう思ってきたのだが、この日、それに明確な色が付いたのだ。

桜井のようになりたい。

桜井に近付きたい。

彼の隣に立てるようになりたい。

その願いは、紺碧《こんぺき》の真夏の夜空に咲く三尺玉の花火のように、一発で麗華の心の中を染め変えてしまった。

決意を込めた麗華の眼差しに、桜井は何を見たのか。

クスリ、と息を吐き出すように笑って、桜井は無言のまま麗華の頭に手をやった。

ぽん、ぽん。

小さな子をあやすみたいに、大きな掌《てのひら》が頭のてっぺんで弾む。

大きく、温かい手。

——インターン生の時も、この手を追いかけたんだった。

この人と働きたい、そう思って、この会社に入るために頑張った。

そして今は、この人の隣に立ちたいと願った。そしてまたこの手を追いかけるんだろう。

――私はずっと追いかけるのかもしれない。

そう思った時、自覚した。

――ああ、恋に落ちてしまった。

藤井麗華、この時二十三歳。

人よりも少しばかり遅咲きの、初恋だった。

3

あれから五年経った今も、麗華は桜井からの教えを守り続けている。麗華は、営業部にてビシバシと扱《しご》かれ、今や女性初の主任という地位にまで上り詰めた。

そんな三楽不動産営業部の女神こと、藤井麗華の朝は早い。

ワンルームマンションにある住人専用のフィットネスルームで、朝五時からの一時間、軽く汗を流すのが麗華の日課だ。

シャワーを浴びメイクを施《ほどこ》し、新聞を片手に熱いコーヒーと、数種類の果物とグラノーラにヨーグルトをかけた朝食を摂ったら出勤する。

靴には、履く前に傷がないかを確認してから足を入れる。

身だしなみは足元から、と教えてくれたのは憧れのあの人だ。

以来忠実にその教えを守り続けている。

きっかり八センチの黒いパンプスは、自分の脚を美しく見せ、かつ動きに支障が出ない、お気に入りのブランドのものだ。

玄関を出る前に、姿見の前で自分を確認する。

肩までの艶《つや》やかな黒髪は、女性らしく緩《ゆる》やかに、けれど清潔感を第一に結い上げられている。

ナチュラルに見えるけれど、しっかりと施《ほどこ》された化粧。毎日の食生活に気を付けているおかげで、吹き出物が出なくなった肌はきめ細かく滑《なめ》らかだ。メイク乗りも良い。

程よくフィット感のある女性らしいフォルムのパンツスーツは、上品に見えるモーヴグレイで、最近のお気に入りだ。

「よし！」

鏡の中の自分にそう頷くと、麗華は玄関のドアを開いた。

＊＊＊

麗華は自分のデスクに着くなり、背後の席の後輩に声をかけた。

「水戸《みと》くん、港区のタワマンのペントハウスの件どうなった？」

自分も余裕を持って出社する方だが、この後輩はいつもそれ以上に早い。

彼は、麗華が教育係を担当した去年の新卒だ。

要領はまだあまり良くはないが、営業には珍しく柔らかな物腰と丁寧な仕事ぶりから、先が楽しみな若者だった。

しかも唐突に大きな仕事を取ってくるタイプで、それ故《ゆえ》『ラッキーボーイ』などと周囲から言われていたりする。だが水戸が誰よりも努力家であることは、教育担当だった麗華が一番よく分かっていた。

その証拠に、朝一から振った質問にも、打てば響くように回答が返って来る。

「はい！　昨日先方からこちらの話を聞きたいとリプライがありました。空いている予定を訊《き》いてありますので、本日中に折り返します」

溌剌《はつらつ》とした顔で麗華の指示を待つ後輩を見て、麗華は笑いを噛み殺す。彼の顔が、尻尾を振って「マテ！」をする仔犬のそれに見えてしまったからだ。

だがここで笑ってしまっては彼が可哀想だ。

麗華はにっこりと微笑むに留《とど》めて、満足気に頷いた。

「そう。じゃあ早々に決めてお電話しなくちゃ。陳《ちん》様は今どこに？」

「今日はドバイということでした。近々では来週の月曜日から来日するそうなので、それに合わせてもいいと自分は考えていました」

如才《じょさい》ない返答に、麗華はにっこりと微笑んだ。

「そうね。では来週の月曜日に予定を合わせましょう。水戸くん、電話での陳様との会話は英語で？」

「あ、はい。陳様はすごく堪能なので」

「そう。でも今回は契約が決まるかどうかの重要な機会になると思うから、上海《シャンハイ》語を少し勉強していって」

「しゃ、上海語、ですか……」

「あなた、中国語は大体できるんでしょう？　そしたら大丈夫よ。標準語と東北弁くらいの差しかないから。日常会話程度でいいの。相手の心証を良くするお守りみたいなものよ」

陳氏は、中規模な貿易業を営む典型的な新華僑《かきょう》だ。世界を股に掛けて商売をしている彼らは、自分達のルーツを大切にしている。

彼らの言語である上海語を使う機会があるとは限らないが、もしこれでコミュニケーションが取れたなら――役に立つかもしれない『お守り』をいくつか用意しておくのが、麗華の験担《げんかつ》ぎだ。

だがそれを後輩に教えるつもりはない。彼は彼で、自分なりの験担《げんかつ》ぎを作っていくべきだと思っている。

麗華の若干あやふやな説明に、それでも後輩は「分かりました」としっかり頷いた。その様子を見て麗華の顔に笑みが零《こぼ》れた。彼のこういった素直さに、ポテンシャルを感じている。

「じゃあ、月曜日にアポイントを取っておいてね。私も同行します。時間は先方に合わせて」

「了解です！」

パッと顔を輝かせて元気よく返事をした後輩の掌《てのひら》に、麗華はポンとチョコレートバーを置いた。ポカンとする彼に、麗華は軽く肩を上げてみせる。

「とりあえず、のご褒美。この契約が上手く行ったら、ちゃんとしたご褒美をあげるから、今はそれで我慢してね」

少々お高い焼肉屋にでも行きましょう、と続けようとした麗華は、後輩の顔が真っ赤に染まっていくのを見て目を瞬《またた》かせた。

「藤井主任の……ご褒美……！」

「……水戸くん……？」

どこか恍惚《こうこつ》と呟く姿に首を傾げていると、いきなりポン、と肩を叩かれて仰天した。麗華の肩を簡単に覆ってしまうほど大きな骨張った手。ふわりと鼻腔《びこう》を擽《くすぐ》るのは、僅《わず》かにムスクが混じるグリーンノート。

麗華が敬愛してやまない彼の香水の匂いだ。

「藤井くんに出させるまでもない。水戸くん、この契約が決まれば、私がご褒美をあげますよ。それこそ寿司でも焼肉でも、ね」

いつの間にか麗華達のすぐ傍に立っていたらしく、柔らかな笑みを浮かべた桜井がするりと会話に入ってきた。

「ひいっ」という情けない悲鳴は、水戸から聞こえたものだ。桜井の顔を見て、顔色が薄紅から蒼白へ急変している。

「さ、桜井部長!」

水戸の声に、麗華の背筋がピッと伸びた。

桜井、という名前を聞いただけで、心臓が猛スピードで拍動し始める。

「さ、さ、さくらい、部長……!」

麗華はと言えば、恋をしている憧れの人の唐突な介入に、狼狽《ろうばい》のあまりどもってしまった。

全身の血が沸騰するように熱くなり、顔にまでその熱が伝わっていく。

——ああ、また、顔が真っ赤になっちゃってるわ……

頬が熱いのが分かる。

きっと他の者が見ても丸分かりだろう今のこの自分の赤面に、恥ずかしさが込み上げてきた。だからといって今更どうなるものでもない。

急に顔を赤らめた自分が、周囲に呆れられてやしないかとチラリと窺《うかが》うも、同期や後輩達に特に驚いた様子はない。

気付かれていないことにホッと胸を撫で下ろしていると、水戸がなんだか妙に温かい笑顔でこちらを見ていた。なんだろう。

「おはよう、藤井さん、水戸くん。朝早くから熱心だね」

対する桜井の方は微笑んで挨拶をくれる。穏やかな美形紳士は今日も通常運行である。

「あ、ありがとうございます！」

水戸が直立不動で礼を返す。放っておいたら敬礼までしそうな雰囲気だ。

水戸は桜井が苦手だったろうか、などと内心で自問していると、桜井が「時に藤井さん」と話を振ってきた。

慌てて振り仰《あお》げば、思ったよりも近くに桜井の端整な顔があって息を呑んだ。

そう言えば、あまりに自然な所作で不思議にも感じなかったが、肩を叩かれた後もずっと、桜井の手は麗華のそこに置かれたままだ。

朝っぱらからの恋しい人との近過ぎる距離に、嬉しいのか苦しいのか分からない。

「は、はぃ……」

緊張のあまり、語尾が小さくなってしまった。

「実は来月からウチに異動になる者がいるんだが……」

「あ、は、はい！　山口《やまぐち》さんの代わりですね！」

山口は中途でこの会社に入った三十八歳の女性だ。

超有名国立大学を卒業後、某化粧品会社の研究職に就いたものの、肌に合わず一年で退職。その後証券会社で営業をしていたところを、三楽にヘッドハンティングされたという異色の経歴を持つパワフルなバリキャリである。

その山口女史が、数か月前に電撃結婚をして、部内一同をびっくりさせたのだ。

しかも授かり婚で、相手は一回りも年下だというから驚きを通り越して賞賛するしかない。

幸せいっぱいの彼女は、大事を取って来月から早めの産休に入る。

だから人事がその代わりの人間を回してくれたのだろう。そう見当をつけて頷くと、桜井は少し困った表情になる。

「実は、経理部からの異動で、しかも入社二年目の若い女性なんだ」

「え……」

それは困りましたね、という声を麗華はすんでのところで呑み込んだ。

産休に入る山口は、麗華と肩を並べる実力の持ち主だ。

その代理が営業経験のない、しかも二年目の女子となると、その仕事量の差は考えるまでもない。

そのカバーをしなくてはならないのは、当然ながらこの部署の人間である。そう考えて、思い出したのは、同期だった伊田だ。

あの一件後も麗華への敵意は変わることなく、何かにつけて絡むような言動を取られ、ずいぶんと悩まされた。

それだけではなく、伊田は仕事に対して真摯《しんし》ではないところがあった。

彼女がやり損ねたりヘマをしたりする度、部署の人間がカバーしなくてはならず、部署内が殺伐《さつばつ》とした雰囲気になったのだ。

それまで伊田に対し甘い顔をしていた男衆《おとこしゅう》も、徐々に冷たくなっていったのは言うまでもない。

四面楚歌《しめんそか》となりかけた後、彼女はすぐに逃げるようにして他部署の男性と結婚し、寿《ことぶき》退社をしていったのだ。

新しい女性社員はそんな人ではないだろうが、仕事に慣れないままだと周囲がきつくなる。またあの時のようなことになるかもしれないと思うと、正直憂鬱《ゆううつ》になる。

麗華の言いたいことは伝わってしまったらしい。

桜井も形の良い眉を下げて苦笑の面持《おもも》ちだ。

「あなたが何を想像したか分かるよ」

「は……す、すみません」

「いや、私も危惧しているところではあるんだ。ウチは男所帯だし、きっと女性にとってはいろんな意味でやりづらいことが多々あると思う。ＯＪＴ指導者は佐野《さの》くんに頼もうと考えているんだが」

「佐野くんですか」

なるほど、と麗華は頷いた。

佐野は麗華の一年後輩で、この営業部の中では物腰の柔らかい部類だ。実務を通じて教育するＯＪＴ指導者にうってつけだろう。

「良いと思います。仕事は細やかですし、優しいから指導も威圧感なくできるんじゃないかと。……ただ……」

そこで言葉を濁《にご》した麗華に、桜井がクスリとまた苦笑を漏らす。

「ちょっとチャラい？」

「……えっと」

紳士桜井のものとは思えないスラングに、麗華は思わず彼を凝視してしまった。

びっくりまなこの麗華に、桜井は愉快そうに笑いながらクツクツと喉を鳴らした。

「佐野くんは女の子が大好きだから……違う？」

「いえ……違いません」

麗華が言いたかったのはまさにその点だ。

佐野は優しそうな外見と物腰を利用して、しっかり仕事を勝ち取って来る肉食獣だった。

彼の顧客には、細やかでマメなアプローチに陥落《かんらく》した資産家のマダムが多い。

女好きでも有名で、可愛いと思われる女性には片っ端から声をかけるイタリア男のような一面があるのだ。

つまり、端的に言えば、チャラい。

今度入って来るという女性社員が彼の餌食《えじき》にならなければいいのだが……という憂慮が、麗華にはあった。

「私もそう思ったんだけどね、実際にその新人さんに会ってみて気が変わった」

「部長、お会いされたんですか？」

少々意外な気がして目を丸くすれば、桜井は小さく肩を竦《すく》めた。

「いや、偶然なんだけどね。まだ異動が決まる前に、一度会ったことがあるんだ。少々危なっかしい感じはあるけど、なんとなく、ウチに新しい風を入れてくれる気がしてね」

「新しい風、ですか……」

桜井の言葉を鸚鵡《おうむ》返しにする麗華の胸に、もやっとしたものが生じた。

異動になってくる女性を思い出しているのか、桜井の表情が楽しげに見えたからだろうか。

麗華にはこれが嫉妬だと分かっている。

桜井に恋をしてから、これまでに何度もそういう想いをしてきたからだ。

桜井はモテる。この容姿に、このハイスペック。加えて性格も紳士で未婚とくれば、モテないはずがなく、取引先や顧客など、桜井にアプローチをかける女性は後を絶たない。

紳士である桜井はそういった女性達にも、とても丁寧に接する。

それが桜井という人間だと分かっているのに、それでも麗華の中の恋心が、それを嫌だと醜《みにく》く喚《わめ》くのだ。

――こんな醜《みにく》い感情、知られたくない。

桜井は麗華を頼りにしてくれている。まだまだ男性優位のこの会社で、女性である麗華を主任という地位に推してくれたのは、他でもない桜井だと聞いている。

『あなたと仕事ができたら面白そうだな』

そう言ってくれた桜井の期待に応えられるよう精一杯やってきた。そんな自分の努力が、この醜《みにく》い感情ひとつであっという間に穢《けが》される気がしてしまう。

だから麗華はお腹に力を入れて、殊更《ことさら》にっこりと微笑んでみせる。

「部長がそう仰《おっしゃ》るなら、私もその新人さんにお会いするのがとても楽しみです」

パーフェクト、と麗華は心の中で自讃した。完璧な笑みに、完璧な受け答え。これまで培《つちか》ってきた『藤井麗華』ならば、こう微笑んでそう言うに決まっている。

だが桜井は、麗華の完璧な微笑を前に、少しだけ眉を下げた。

「うん」

その相槌《あいづち》は何を意味しているのか。桜井にしては曖昧《あいまい》な受け答えで、麗華は内心戸惑った。

桜井の表情が、どうしてか淋しげに見えたのだ。

どうかしたのですか、と問うのもどうかと思われて躊躇《ちゅうちょ》していると、桜井が言葉を続けた。

「あなたならそう言ってくれると思っていたよ。教育係、それでもやはり先達《せんだつ》である女性社員が傍にいる方が心強いだろうと思う。ＯＪＴ指導者に佐野君とあなたの名も挙げたいんだが、いいかな？」

この会社で一人の新人にＯＪＴ指導者が複数つくことはほとんどない。

——それだけ、桜井部長がその人に目をかけているってこと……？

またもやむくりと頭をもたげそうな嫉妬を、麗華はぐっと抑え込む。

——私にできるのは、桜井部長の期待を裏切らないことだけ。

そう自分に言い聞かせ、麗華はしっかりと頷いた。

「勿論《もちろん》です。私でお役に立てるなら、喜んで！」

輝かんばかりの女神の微笑みでそう請け負えば、桜井が少し眩《まぶ》しそうに目を細めた。

「ありがとう。あなたになら任せられる」

溜息のように落とされた桜井の言葉に、麗華の心が歓喜に震えた。

——あなたのその一言で、きっと私は空も飛べてしまう。

胸の中で呟いた独白に、自分のどうしようもない恋心を再認識して、麗華はこっそりと自嘲した。

＊＊＊

陳氏との電話での打ち合わせ後、麗華は契約がまとまりそうな他の顧客に会うために社外へ出ていた。その帰社の道すがら、東京駅周辺で腕時計を見て足を止めた。

左の手首に巻かれた銀色の時計の針は、十八時近くを指している。

おそらくこのままいけば会社に戻るまでに終業時刻を越える。今日中にしなくてはならない仕事もないため、無理に帰社せず電話をして直帰にしてもいいかもしれない。

そんなことを考えたのは、きっと朝の桜井との会話のせいだろう。

来月から異動になるという女性――確か中林《なかばやし》と言ったか。彼女のことを話す桜井の柔らかい表情を思い出すと、胸がツキンと痛んだ。

桜井は彼女を好きなのだろうか。いつもは、あんな優しい顔を女性に対して見せたことがない人だ。

それなのに――ぐるぐると巡りそうになる思考を、麗華は小さく首を振って止める。

ばかな真似を、と自分に苦笑が漏れた。

ただの妄想だ。自分が頭の中で作り上げたそれに惑わされて、ありもしないことに思い悩むなど、非生産的。ナンセンスもいいところだ。

ふぅ、と息を吐いて顔を上げると、ビルの隙間に夜色を少しだけまとった空が見えた。

十月の夕暮れは、いつの間にか秋の気配が色濃い。

――ちょっと、疲れてるのかも。

思えばここのところ、契約がまとまりそうな案件が重なってバタバタしていた。ありがたいことではあるのだが、少々疲労が溜まってきていたのかもしれない。

「こういう時は、リフレッシュよね。何かおいしい物でも食べて帰ろうかな」

誰にともなく呟いた独り言に、艶《つや》やかなバリトンボイスが応えた。

「それは実にいいアイデアだ」

えっ、と目を丸くして声のした方を振り返れば、ニッコリと美しい笑みを浮かべた美貌の主が立っていた。

「さ、桜井部長！」

「やあ、藤井さん。奇遇だね」

——イヤイヤイヤイヤ、奇遇って！　あなた部長ですよね？

営業とはいえ部長クラスになると、外回りなどするわけがないし、社外に出るのは大きな契約締結時などの重要な時だけだ。それもこんな街中を徒歩で、などあまり考えられない状況だ。

「ど、どうしてこんな場所に!?」

「所用があってね」

「所用って……」

どんな用事かとツッコもうとした麗華に、桜井はまたもやニッコリと微笑んで、さり気なくスルーする。

「それより藤井さん。どうですか？」

「ど、どうですかって……」

何がだろう、と首を傾げれば、桜井は少し拗《す》ねたように眉を下げた。

え、ちょっと可愛いんでやめてもらえますかね。と内心で激しく萌《も》え悶《もだ》えながら意見すると、桜井が続けた。

「私は夕食のお誘いをしているつもりなんだけどね」

「えっ」

「どうせ今から戻っても終業時刻を過ぎてしまうから、今日は直帰すると電話を入れようとしていたんだ。その後時間が空いているから、夕食に付き合ってくれないかな？」

はにかむようにして言われた言葉に、麗華の頭の中では桜が一気に満開になった。

――桜井部長とディナー……！

だが、心の緩《ゆる》みにハッとし、表情筋にグッと力を込める。辛《かろ》うじて表情には出ていないけれど、血管までは意のままにはできなかった。頬にいつもの如《ごと》く、サッと朱が走ってしまう。

「あ、あのっ……」

赤くなった自分の顔を誤魔化すように口を開けば、焦るせいでどもってしまうのもまた、いつものことだ。

どうして桜井の前だとこうも恰好悪くなってしまうのか、と泣きたい気持ちになる。

一方、桜井は穏やかな微笑のまま、「うん？」とゆったりと答えを待ってくれている。

桜井のそんな変わらぬ態度に麗華は毎回救われるのだ。

親鳥を見るひよこのような気持ちで桜井を見つめて、麗華はコクリと頷いた。

「はい。嬉しいです。是非」

また日本語を覚えたての外国人のような片言になってしまった。しかし桜井は指摘したりせず、笑みの滲《にじ》んだ眼差しで「うん」と相槌《あいづち》を打っただけだった。


桜井が連れて行ってくれたのは、新宿だった。

車通勤であるはずの桜井が徒歩だったことに麗華は驚いたが、聞けば「気が向いた時は電車を使うんだよ」と言われる。

どう気が向いたらあの満員電車に乗るのだろうかと、麗華はその酔狂ぶりを訝《いぶか》しんだものの、深く追及しないことにした。

そうして地下鉄を降りて徒歩二分、繁華街から少し入った路地にその店はあった。白い壁に紺色の扉という洋風の造りであるにもかかわらず、どこか和風に見えるのは、ドアの脇に置かれた青い竹のオブジェが理由だろう。

「お洒落《しゃれ》ですね」

和洋折衷《わようせっちゅう》の外観を見て思わず呟いた麗華に、桜井はニヤリと口の端を上げた。

「お洒落《しゃれ》な上に料理も旨《うま》い。勿論《もちろん》、酒もね」

「お酒……！」

弾んだ声で鸚鵡《おうむ》返しをした麗華は、こう見えて酒豪《しゅごう》だ。

東北出身の母がザル体質で、麗華はそれをそっくり引き継いでいる。

ザル体質の人間が往々《おうおう》にしてそうであるように、麗華もまた酒が大好きだった。

会社の飲み会でも酒好きと酒豪《しゅごう》っぷりを披露してしまっているので、当然桜井も知っている。旨《うま》い酒と聞いて目を輝かせた麗華に、桜井はくつりと喉を震わせて更に言った。

「この店、山形の有名な醸造蔵《じょうぞうぐら》の純米大吟醸《だいぎんじょう》を置いてるんだよ」

「や、山形……!?」

その蔵元の名前を聞いて、麗華は狼狽《ろうばい》してしまった。

山形には数多くの酒蔵があるが、その中でも、ある酒造が作り上げた幻の日本酒と呼ばれる酒がある。芳醇《ほうじゅん》旨口が特徴の地酒で、東京では入手困難と言われて久しい。

麗華は一度だけ、接待で使った高級料亭で口にしたことがあったが、その旨《うま》さに衝撃を受けた。それまでビールもワインも焼酎《しょうちゅう》もいただくという節操なしだった麗華の嗜好を、一気に日本酒へと傾けた酒だった。

だが残念なことに、それ以来一度もお目にかかれたことがなく、いつかきっと、と憧れにも似た気持ちを抱いていた。その蔵元の、しかも純米大吟醸《だいぎんじょう》を置いているとは。

「ほ、本当ですか、桜井部長……！」

ごくりと喉が鳴ってしまったのは、日本酒好きとしては致し方のないことだ。しかし恋する乙女としてはどうなんだろうか。チラリと確認すれば、桜井はクックッと喉を鳴らして笑っていた。

「本当だよ。知ってはいたけど、あなた、本当にお酒が好きだねぇ」

面白がるような声色に、麗華はうっと声を漏らして言葉に詰まる。

「お酒というより、日本酒です！」

言い訳にもなっていない発言にも、桜井は相好《そうごう》を崩すばかりだ。

「それも分かってるよ。あの幻の酒を美味《おい》しかったと言っているのを聞いたことがあったけど、まさかこんなにも効果があるなんてね」

「効果？」

後半の台詞《せりふ》の意味が分からず首を捻《ひね》ると、なぜか桜井は苦笑を口許《くちもと》に浮かべ、気を取り直すように肩を竦《すく》めた。

「さ、行こう。腹が減った。実は昼を食べ逃していてね」

「えっ、それは大変です！　早く行きましょう！」

麗華が急いで店内に入ると、いきなり食欲をそそる香ばしい匂いに鼻腔《びこう》を擽《くすぐ》られた。魚の脂《あぶら》の焦《こ》げる匂いだ、と思った麗華の隣で、桜井が嬉しそうに呟く。

「旨《うま》そうな匂いだな」

店はオープンキッチンになっていて、入り口からも料理をしている様子が見えた。キッチンをぐるりと取り囲むようにカウンター席が並び、そこはほとんど客で埋まっている。彼らが酒を呑みながら楽しげに談笑している様子から、この店が出す料理と酒が良いのだと見て取れた。

キッチンの中は戦場のようで、料理人達が阿吽《あうん》の呼吸で忙しく立ち働いている。

それらを眺めていると、女将《おかみ》らしき着物姿の品の良い女性が、笑顔でこちらに話しかけてきた。

「まぁ、桜井さん。ようこそ。お待ちしておりました」

顔を見ただけで名前がすぐ出てくるくらい、桜井はここの常連客なのだろう。桜井もにこやかに対応している。

「やあ、女将《おかみ》。こんばんは。美味《おい》しい物を食べさせてもらいに来ました」

「ふふ、たーんとご用意してありますよ。いつものお任せでよろしい？」

「大将の腕を信じていますから」

ニヤリとした桜井に、女将《おかみ》はコロコロと品よく笑った。

「あらまぁ、嬉しいこと。さぁさぁ、奥になりますけど、どうぞどうぞ」

促《うなが》されて通された部屋は、カウンター席からは離れた畳の個室だった。

一枚板の重厚なテーブルの下は掘り炬燵《ごたつ》式になっていて、桜井と麗華は向かい合うように座る。

「急に無理を言って申し訳ない。どうしてもここへ連れて来たい人がいてね」

桜井がおしぼりを手渡す女将《おかみ》にそう告げたのを聞き、麗華は慌てて頭を下げた。

こちらへ向かう途中に桜井が電話で予約をしていたが、もしかしたら満席だったのだろうか。これだけ満員御礼の店だから、特別に入れてくれたのかもしれない。

「あらあら、桜井さんがそんなことを言うなんて！　確かにすごいべっぴんさんだものねえ」

女将《おかみ》が可笑《おか》しそうに口許《くちもと》を押さえる。何やら勘違いされているようだ。誤解を解くべきかと一瞬考えたが、自分が否定するのもおかしい気がして口を噤《つぐ》む。

すると桜井がはにかむような表情で「いやだな、からかわないでくださいよ」と答えた。否定とも肯定ともつかない返事に、麗華は困惑してしまう。

そんな麗華の様子を横目で見ていた桜井は、悪戯《いたずら》っぽく笑んで、内緒話をするように女将《おかみ》に言った。

「彼女、例の幻の酒のファンなんです」

言われた瞬間、女将《おかみ》は大仰《おおぎょう》に目を丸くする。

「ま！　お嬢さん、お若いのに舌が肥えてる！」

「えっ、す、すみません！」

もう二十八になる自分が『お嬢さん』と呼ばれることに気恥ずかしさを感じつつも、咄嗟《とっさ》に返事をする。

混乱のあまり謝ってしまったのだが、どうにも恰好がつかず情けない。

――私、もう少しちゃんとした大人になれていると思っていたんだけど。

会社での『藤井麗華』はもっとしっかりしていて、隙も粗《あら》も見せない人間なはずだ。

それなのに、どうして自分は桜井の傍にいると、こうも情けなくなってしまうのか。

――一番、恰好良く見せていたい相手なのに。

内心で意気消沈しつつ、会話を続ける桜井と女将《おかみ》を見る。女将《おかみ》がニコニコして麗華を眺めていたので、思わず姿勢を正してしまった。

「ホント、可愛らしい。桜井さんもそーんな飄々《ひょうひょう》とした顔をしているくせに、隅に置けないわねぇ」

「ということは、今まで私は隅に置かれてたんですか」

心外そうに眉を上げた桜井に、女将《おかみ》が弾けるように笑う。

「あら、ごめんなさいねぇ。だって桜井さん、ウチに通ってくれるようになって何年も経つのに、女性連れなんて初めてじゃないの」

女将《おかみ》の意外な台詞《せりふ》に、麗華は嬉しくて胸が高鳴ってしまった。だがすぐにイヤイヤ、と心の中で首を振った。

——桜井部長は、単に私が幻の酒を呑みたがってるって知ってたから、連れて来てくれただけ。勘違いしちゃいけないわ。

そう自分を戒《いまし》めつつ、それでもここに彼が連れてきた最初の女性である事実に、知らず頬が緩《ゆる》んだ。桜井もまた、意味深な笑みを浮かべて麗華を見つめているが、当の本人はそれに気付いていない。

そんな二人の様子を眺めていた女将《おかみ》は、パタパタと手で顔を扇《あお》いで呆れたような声を上げた。

「まぁまぁ、やあねぇ。ここにいたら当てられちゃう！　邪魔者はさっさと奥に引っ込みますわ」

「えっ」

邪魔にした覚えはないと麗華が焦る一方で、桜井は悠然と肩を竦《すく》めた。

「そうそう、ちゃんと仕事してくださいよ。旨《うま》い酒と肴《さかな》をお願いします」

「それはお任せくださいませ」

自信満々に請け負うと、女将《おかみ》は部屋を出て行った。

個室に二人残され、なんとなく手持ち無沙汰におしぼりを取れば、桜井が左手で頬杖を突いて小さく息を吐いた。

「おしゃべりだろう？」

女将《おかみ》のことを指しているのだと分かり、麗華はクスリと笑う。

「でも、楽しい方ですね。客あしらいがお上手です」

「そうなんだよ。酒も肴《さかな》も旨《うま》いけど、ここの大将は無愛想でね。女将《おかみ》が大将の分まで愛想を受け持ってる」

その冗談にプッと噴き出した麗華を見ながら、ようやく桜井もおしぼりに手を伸ばした。やがて襖《ふすま》の向こうから「失礼いたします」という声がかかり、小鉢と酒のグラスの載ったお盆を手に女将《おかみ》が姿を現した。

「付き出しが先でその後お酒なんですけど、早い方がいいかと思って、一緒に持って来ちゃった」

と言いながら、トン、とテーブルに置かれたのは、赤と藍の二色使いの薩摩切子《さつまきりこ》のグラスふたつと、お揃いの片口だ。

あ、と麗華が思うより先に、女将《おかみ》がふふっと笑って言った。

「これが例の、純米大吟醸《だいぎんじょう》ね」

「本当にあるんだ……！」

女将《おかみ》の台詞《せりふ》に、麗華は両手を口にやって呟いた。

その山形の醸造蔵《じょうぞうぐら》の中でも、幻とも言われる最高峰の純米大吟醸《だいぎんじょう》だ。

麗華の心からの感嘆に、桜井と女将《おかみ》は顔を見合わせて噴き出す。

「いくらなんでも大袈裟《おおげさ》だよ」

「そうですよぉ！　ウチはその蔵元さんのは切らさないようにしているから、大吟醸《だいぎんじょう》でも吟醸《ぎんじょう》でも、大抵のはありますよ」

そんなに取り揃えているのか、と驚愕する麗華に、女将《おかみ》はまたコロコロと笑った。

「呑みたくなったらいつでもお待ちしてます。勿論《もちろん》、ちゃあんとお金持って来てくださいね」

「はいっ！　お給料握りしめて来ちゃいます！」

両手を握ってみせると、桜井と女将《おかみ》が顔を見合わせて笑った。

「まあ、可愛らしい！　たんと美味《お》しいお酒を呑ませてあげるし、美味《お》しい物でお腹いっぱいにしてあげますからね！　はい、こちら付き出し」

女将《おかみ》が上機嫌で小鉢を置いていく。優しい桜色をした姫萩焼《ひめはぎやき》の小鉢に盛られた、ふっくらとした牡蠣《かき》のオイル漬けと、ガラスの器《うつわ》に若布《わかめ》と一緒に入った、桃色の茗荷《みょうが》の甘酢漬けだ。

「お料理もすぐにお持ちしますから」と微笑んで、女将《おかみ》は再び下がっていった。

幻の純米大吟醸《だいぎんじょう》を前に未だ感極まっている麗華を尻目に、桜井はサッと大きな手を伸ばして片口を取った。そのままグラスに注ごうとするのを、麗華は慌てて止める。

「すみません！　私がやります、部長！」

「部長はやめてほしいな、こんなところで」

「えっ」

そう言われ、桜井にとってこの店は仕事を忘れる特別な場所なのだろうと思い至る。

「あの、では、桜井さん……？」

疑問系で問えば、桜井は片方の口の端だけを上げた。

「うーん。まぁ、今はそれでいいか」

今は、の意味がよく分からなかったが、麗華は桜井に手酌《てじゃく》をさせそうになっていることが気になって深く考えなかった。

「あの、桜井さん、私が注ぎますから」

「そう？　ではまず、あなたから」

桜井は酒を注いだグラスを麗華の前に置き、麗華に片口を手渡すと、空のグラスを持った。眼鏡の奥にある切れ長の目で麗華を見つめ、はい、という風にグラスを差し出す。その悪戯《いたずら》っぽい眼差しに、麗華は顔を更に真っ赤にしながら酒を注いだ。

「乾杯」

グラスを掲げた桜井に倣《なら》うようにして、麗華もグラスを持ち上げる。桜井が口を付けたのを確認して、自分もドキドキと胸を高鳴らせつつグラスを傾けた。

「ん……！」

サラリとした香りのいい甘味が舌を滑った次の瞬間、力強い旨味《うまみ》に包まれる。酒の旨《うま》さに、身体が震えた。

「……美味《おい》しい……！」

自然と目を閉じて唸《うな》った麗華に、桜井も同意する。

「本当に。私はいろんな日本酒を呑むけど、これを呑むといつも、ああ、旨《うま》いな、別格だなって唸《うな》らされる」

「分かります、それ……」

お互い、しばし無言でチビリチビリと酒を堪能する。やがて、「失礼いたします」という掛け声と共に、女将《おかみ》が顔を覗かせた。途端に、醤油《しょうゆ》とにんにくと魚脂《ぎょし》の香ばしい匂いが一気に部屋に入り込んでくる。

「鮪《まぐろ》のステーキでございます」

女将《おかみ》が持って来た大皿には、ニンニクチップと山盛りの山葵《わさび》が載った、厚切りの鮪《まぐろ》のステーキがあった。立った湯気にまで食欲が引き出される。

「うわぁ……」

麗華は、涎《よだれ》が出そうになりながら皿の中身に釘付けになる。すると女将《おかみ》はふふっと顔を綻《ほころ》ばせ、盆に載ったもう一品をテーブルに置く。

「こちらは紅ズワイの甲羅《こうら》焼きとハマグリと浅葱《あさぎ》のぬた。酢味噌は少し辛子《からし》が入ってございます」

「いい匂い！」

焼き蟹《がに》の匂いに、つい感嘆が出る。

いそいそと、味噌と絡んだ蟹《かに》の身を箸で摘《つ》まんで口に入れた。焼いた蟹《かに》の香ばしさが口の中に広がり、次いで蟹《かに》味噌のクリーミーで濃厚な味が混じる。

「美味《おい》しい……！」

目を輝かせた麗華に、桜井が片口を差し出した。

「ほら、呑んでごらん。合うから」

桜井へ先に酒を勧めるべきだと思いながらも、先程上司と部下の関係ではないと暗に示してくれたので、素直に酌《しゃく》を受けた。

口の中に蟹《かに》の旨味《うまみ》を残したまま酒を含めば、舌から脳へとふつふつと悦《よろこ》びが伝わった。

「美味《おい》し過ぎます……！」

じーんと感動しつつ感想を述べれば、女将《おかみ》がクスクス笑いながら鮪《まぐろ》のステーキを取り分けた小皿を渡してくれる。

「嬉しいわぁ。こんな風に素直に喜んでもらうとやる気が出ちゃうわねぇ。はい、鮪《まぐろ》も食べてみてくださいな。こっちがメインなんですよ」

「あ、恐縮です」

勧められてそちらにも箸を伸ばす。香ばしい醤油《しょうゆ》とニンニクの匂い、それからおろしたての生山葵《わさび》がアクセントになった鮪《まぐろ》は、蕩《とろ》けるようだった。臭みのない良質の魚脂が舌に甘い。

――至福……！

旨《うま》い酒、旨《うま》い肴《さかな》。最高だ。

言葉もなく歓喜に身を震わせていると、女将《おかみ》がほう、と溜息を吐いた。

「本当に美味《おい》しそうに呑んで、食べてくださること！　これは可愛くて仕方ないわねぇ、桜井さん」

「でしょう？　こんな顔を見せてくれるんなら、何でも食べさせてやりたいし、どんどん旨《うま》い酒を呑ませてやりたくなるんです」

にっこりと笑って返す桜井に、女将《おかみ》が「桜井さんは惚気《のろけ》も可愛くないわねぇ」とつまらなそうに鼻を鳴らす。そして麗華に「ごゆっくり」と声をかけて下がって行った。

いつもなら桜井と二人きりになれば緊張してしまうのだが、酒精のお陰で今はほとんど感じない。

「ほら、どうぞ」

大好きな桜井が優しい表情で差し出す美酒を、断る理由など皆無。

「ありがとうございます！　美味《おい》しいです、桜井さん！」

全開の笑顔で、麗華はカパカパと杯を重ねていったのだった。

＊＊＊

どのくらい時間が経ったのか、あるいはどのくらい呑んだのか、麗華には分からなかった。

最初に頼んだのがあっという間に空になり、次に桜井が別の大吟醸《だいぎんじょう》を頼んで、それから女将《おかみ》の勧めるままに有名どころを試した。会計が一体いくらになるのかと震え上がった麗華が、途中で安い酒へとさりげなく変更しようとしても、その前に桜井がサラッと注文してしまうのでできなかったのだ。

しかし酒呑みとはゲンキンなもので、名酒を前にすれば呑まずにはおられない。女将《おかみ》が、「いいものがあるんですよ」と持って来たクチコの炙《あぶ》りに合わせて、熱燗《あつかん》を注文したところまでは覚えているが、その後どれくらい呑んだのか、正直もう分からなかった。

とりあえず、クチコを熱燗《あつかん》に投入したクチコ酒が非常に美味《おい》しかった記憶だけはしっかりとある。

気が付けば麗華は今、めそめそと泣いて、桜井に頭を撫でられていた。

桜井の大きな手があったかくて、嬉しくて、切ない。

与えられる情が、上司から部下へ向けた、誰にでも平等なものだと分かっていたから。

「さくらい、ぶちょぉ……わたし……わたしねぇ……、ふあん、なんです……」

──部長が今度営業部に入って来るという女性に、ずいぶん肩入れしているような気がして。

そう言ってしまって、いいだろうか？　やはりダメだろうか。

その女性はきっと、可愛くて女らしい人なのだろう。

これまで女性の影を全くと言っていいほど見せなかった桜井が、話題に上げるくらい、魅力的な。

──私とは、正反対の。

『王子様』で、女性としての魅力が欠片《かけら》もなくて、だから二十八にもなって未だに処女の自分なんかとは。

とはいえ、酔っぱらって判断力が低下していても、胸の中に沈殿する不安の澱《おり》を吐き出すことは踏《ふ》み留《とど》まった。

「うん？」

呂律《ろれつ》の怪しい言葉に、桜井が優しい相槌《あいづち》で先を促《うなが》してくれる。

鼻にかかったその低音が、ひどく甘く感じるのは、恐らく自分の願望だろう。

――あ、じゃあこれはきっと夢だわ。

人には言えないが、麗華は度々こういった自分に都合の良い夢を見ることがあった。

桜井が麗華にだけ優しくて、甘くて、愛を囁《ささや》いてくれるのだ――王子様のように。

目が覚めた時に猛烈な羞恥心《しゅうちしん》と罪悪感に苛《さいな》まれてしまうのだけど、それでも麗華は幸せだった。

だからきっとこれも夢に違いない。

そう結論づけた麗華は、頭を撫でてくれている桜井の手に自分の手を重ねる。そして、それを自分の顔に引き寄せて頬擦りをした。

「おっきぃ……ふふ、わたし、たつろうさんの、手、すきです……」

えへへ、と締まりのない顔で、麗華は微笑んで告白する。現実では口が裂けても言えないようなことも話せるし、下の名前だって呼べる。夢なのだから。

夢ではいつも麗華が甘えれば、決まって桜井は優しく応えてくれる。

それなのに、今日は麗華が笑った瞬間、桜井が固まった気がした。

「……恐ろしい破壊力だ……！」

唸《うな》りに似た低い声に、何を破壊するんだろうとぼんやりと目を上げる。こちらを凝視する男前が何かを堪《こら》えるように歪んでいた。

「たつろうさん……？」

どうしたんですか？　と訊《たず》ねる前に、桜井がもう片方の手で麗華の頬をするりと撫でた。

——わぁ、さすが、夢の中……！

自分の願望を絵に描いたように、桜井がサービス満点だ。

「きもちいい……」

目を閉じてうっとりと大きな手の感触を味わっていると、艶《つや》やかな美声が耳元に落とされる。

「気持ち好《い》いの？　麗華」

耳腔《じこう》に吹き込むように囁《ささや》かれ、ぞくりと甘い疼《うず》きが背筋に走る。

麗華は慣れないその感覚に目を瞬《またた》かせた後、ふと桜井の美しい顔が目の前に迫っていることに気が付いた。

「すてき……」

「うん？」

「たつろうさん、こんなに……近くにいる」

へにゃり、と笑って言った麗華の単純な感想に、桜井がふっと笑った。

「もっと近くに行けるよ」

「……うん？」

どうやって？　という問いは、唇を塞がれて遮《さえぎ》られた。

柔らかくて温かいものが、自分の口を覆うようにして触れている。

よく見えなくなるほど間近に迫る桜井の目が、麗華のまんまるになった目を見て優しく眇《すが》められる。

下唇が柔らかく食《は》まれて、そのままほんの少し、一度だけ左右に揺らされる。視線を合わせたままの桜井の眼差しが、蕩《とろ》けたチョコレートみたいに甘くなった。

――えっ？

キスされている、という事実に脳が追い付いたのは、呼吸を求めて開いた唇から、熱い何かが滑り込んできた時だった。

初めての体験に、麗華の身体は素直にビクついた。

硬直する背中を、いつの間にか正面から傍まで移動してきていた桜井の手が、ゆっくりとさすった。まるで怯《おび》える猫を落ち着かせるようなその動きと、桜井の使っている香水のグリーンノートに、麗華はこれまた単純に安堵する。

背を撫でる桜井にも、身体が弛緩《しかん》したのが感じ取れたのだろう。緊張を解いた次の瞬間には、きつく抱き寄せられていた。

「んっ」

抱き締められながらもキスは続いている。麗華は強い抱擁《ほうよう》の衝撃にも、鼻から抜けた間抜けな声を上げるしかできなかった。

最初はそっと探るようだった桜井の舌が、堰《せき》を切ったように性急な動きに変わる。

舐《ねぶ》られ、絡められ、はたまた吸われて——怒涛《どとう》のように襲い来る官能的な接触に、麗華は眩暈《めまい》がした。

互いの口の中の粘液が混じり合って、ぴちゃりとか、くちゅりとかの音がダイレクトに鼓膜を揺らす。そして麗華の背中だけでなく、腰や肩、項《うなじ》にまで及ぶ桜井の手の愛撫にも、身体が陸《おか》に打ち上げられた魚のようにピクピクと跳ねてしまう。

——頭が、沸騰しそう。

やまない桜井のキスと愛撫に翻弄《ほんろう》され、麗華は小さな嬌声《きょうせい》を上げながら身を震わせ続ける。

「た、つろ……さ……」

深まるキスの最中、桜井への恋心が膨れ上がり、浮かされたように名を呼んだ。

「麗華」

応えるように、桜井も名を呼んでくれる。

そしてまた唇を吸われ、舌が絡まり——キスは、ひたすらに熱く深まっていった。

4

夢の中で、キスをされていた。

イギリスにいた頃、キスは挨拶であり、日常だった。

でもそういう挨拶じゃないキスは、誰ともしたことがない。

だからこんなキスは経験がないはずなのに、どうして感触がこんなにもリアルなんだろう。

柔らかくて、熱い唇。

ぬるりと滑るのは、彼の舌だ。肉厚で、濡れていて、口の中を優しく、強引に舐め回す。

それに擦られ、吸われる度、ドキドキして、ゾクゾクして、時々クラクラした。

「まるでジェットコースターみたい」

そう思っただけだったのに、夢の中だからだろうか、相手にも伝わってしまった。

麗華の感想に、桜井がクスリと笑ってキスを中断する。

いつもかけている眼鏡がなくて、なんだか少し若く見えた。

いや、こちらを見下ろす切れ長の目が、やたらと艶《つや》めいているせいかもしれない。

普段の桜井は達観したような穏やかな眼差しをしているから、そのギャップを激しく感じるのだろう。

「ジェットコースター、ね。褒め言葉ならいいんだけど」

桜井のそんな返答に、今度は麗華がクスクスと笑った。

「褒め言葉ですよぉ。だって、わたし、だいすきですもん……」

支離滅裂な麗華に、桜井が甘く破顔した。

「それって、ジェットコースターが？　俺が？」

色気が滴《したた》るような桜井の微笑みにうっとりとする。桜井の『俺』という一人称を初めて耳にして驚きつつも、いつもと違う桜井に、やっぱりこれは夢だと再認識した。

夢だけど、ちょっとワイルドな桜井もカッコイイ。

「――どっちもです……」

「そこは俺って言ってほしかったな」

残念、などと呟きながら、ちっとも残念そうじゃない。

それどころか少し意地悪そうな表情で、桜井がまた麗華の唇を啄《ついば》む。

麗華はとろりと瞼《まぶた》を閉じ、彼の首に腕を回して縋《すが》り付いた。

「ん……ふ、ぁん」

ちゅ、ちゅ、という可愛いリップ音。

唇を唇で食《は》まれる柔らかな感触が、こんなにも気持ちが好《い》いとは知らなかった。

彼がもたらしてくれる快感を知ってしまえば、抵抗どころか、もっと欲しいという欲求が湧き起こる。

「んっ……！」

くちゅり、と水音がして、桜井の舌が麗華の口の中に入り込んだ。

口の中に他人の身体の一部があるなんて経験は初めてなので、驚いて肩が揺れる。だが桜井の舌が、宥《なだ》めるように優しく麗華の舌に絡み付くと、なぜか自然と力が抜けた。

麗華が安堵したのが分かったのか、桜井が喉を鳴らした。

まるで大きな猫みたいだ。

桜井の舌は次第に大胆さを増していき、くちゅくちゅ、という音が絶え間なく鳴った。

慣れない麗華はキスをしながらの呼吸の仕方を知らない。だから唇が離れた合間に喘《あえ》ぐように空気を吸うものの、次の瞬間にはまた塞がれてしまう。

苦しくなる一歩手前で唇が離されるところを見れば、桜井が麗華の酸素確保のために頃合いを見てやってくれているのだろう。

「ん、くぅ、ん、は、ぁんっ」

自分の口から漏れ出る声が、まるで仔犬が甘えるような鼻声になっている。

普段ならこんな声、絶対に恥ずかしくて出せない。

それなのに、酒と酸欠ぎみで朦朧《もうろう》とした脳は、溶けた飴みたいに役に立たない。

は、と息継ぎの間を与えるように、桜井が唇を離した。

桜井の唇が濡れて光っている。それがとてもいやらしく、色っぽくて、麗華はその光景にぼうっと見惚れた。

「……きっと、目が覚めたら死にたくなるわ。……こんな、破廉恥《はれんち》な夢」

そう思った途端、桜井が噴き出した。

「破廉恥《はれんち》？　キスだけなのに？」

眉尻を下げて笑うその顔も美しくて、麗華はうっとりと眺める。

「だって、キスがこんなに気持ち好《い》いなんて、知らなかったんです」

麗華の言い訳に、桜井がクスリと笑った。

「気持ち好《い》いの？　麗華」

低い甘い美声に目を閉じて聞き入りながら、麗華はまた頷く。

このやり取りに、なんだかデジャヴを感じるのも、きっと夢だからだ。

「……ええ、とても、気持ち好《い》いです……」

ゆっくりと息を吸い込むと、桜井の使っている香水の落ち着いたグリーンノートが鼻《び》腔《こう》を擽《くすぐ》る。けれど、それがいつもとは違っているのに気付く。

肉感的なムスクのようなスパイシーな甘さが混じっているのだ。

夢だから違うのだろうかと思いつつも、ぼんやりと瞼《まぶた》を開けば、目の前にあったのは桜井の喉仏。どうやら目を閉じた麗華の額《ひたい》に口付けているようだ。至近距離にある彼の喉をまじまじと見つめながら、ああ、そうか、と合点《がてん》がいく。

桜井の匂いがいつもと違うのは、距離が近過ぎて、彼自身の肌の匂いが感じられるからだ。

「好《い》い、匂い……」

それくらい密着していることが嬉しくて、そしてもっと近くに行きたくて、麗華は欲望のままに目の前にある桜井の皮膚に唇を這《は》わせた。

初めて舌に感じる他人の皮膚は、当たり前だが、塩辛かった。

「……っ、麗華」

一瞬息を詰めた間の後、桜井が戸惑った調子で呼びかける。

そこに僅《わず》かに咎めるような色合いが含まれているのに気付いたが、それでも麗華は止めなかった。

――だって、これは夢だから。

そう高をくくった考えが、麗華を大胆にさせたのだ。

ちゅ、ちゅ、と、今しがた桜井から教わったバードキスを、太い喉に降らせる。

やみくもに散らかす子どもみたいなキスでも、彼の敏感な場所を掠《かす》めたらしい。

ピクリと唇の下にある筋肉が収縮するのを感じて、麗華は嬉しくなった。

もっと反応が見たいと調子づいて、今度は、桜井の耳の後ろをペロリと舐めてみた。先程自分自身がそこを攻められ、ゾクゾクと感じてしまったことを覚えていたからだ。

「っ！　や、めなさい、麗華」

耳は彼にとっても弱点だったようで、首を竦《すく》めた桜井が押し殺した低い声で警告する。普段艶《つや》やかなバリトンボイスを誇る彼のそれが、滅多にないほどひどく掠《かす》れていた。

だが幸か不幸か、麗華は酒によってまともな思考回路を持っていない。

能天気な彼女は、桜井の警告に気付くことなく、焦っている彼をもっと見たいとその首に両腕を絡めたのだ。

途端、獣のような唸《うな》り声が聞こえて、大きな手で顎《あご》を掴まれた。噛み付くように口を塞がれたかと思うと、荒々しく押し入ってきた桜井の舌に翻弄《ほんろう》される。

「ん、ぅんっ、ぁ、あっ、む、ぁあ」

肉厚の桜井の舌が、逃げ惑う麗華の小さなそれを追う。執拗《しつよう》なほどに絡められ、吸われ、扱《しご》かれていくうちに、鼓膜を打つ水音が、ぴちゃぴちゃという可愛らしいものではなくなってきた。じゅる、とかぐちゅ、といった卑猥《ひわい》さを伴うと、それがなぜか麗華の中の女を潤《うる》ませた。

どちらのものか分からなくなった唾液が口の端から零《こぼ》れる。それを指で口の中に押し戻された後、舌で塞がれて、呑めと促《うなが》された。息苦しさに朦朧《もうろう》とする中、ゴクリと喉を鳴らして嚥下《えんか》すれば、ようやく唇が離された。

「煽ったあなたが悪い」

息も絶え絶えな麗華に、桜井が唸《うな》るように言う。

そして麗華に圧《の》し掛かっていた上半身を起こすと、骨張った長い指でネクタイの結び目を緩《ゆる》めた。

きっちりと撫でつけられているところしか見たことがなかった前髪が乱れ、額《ひたい》にかかっている。

それが、その下にある眉宇《びう》と瞼《まぶた》にまで影を落とし、いつもは涼《すず》しげで穏やかな眼差しが、今は射るように鋭く底光りしていた。

野性的なその目に、自分の下腹部からゾクゾクとした何かが這《は》い上がるのを感じて、麗華は震えるように吐息を零《こぼ》した。

自分を見上げる麗華の恍惚《こうこつ》とした視線に、桜井がにやりと口の端を上げる。そして見せ付けるようにして、ゆっくりと自身のシャツのボタンを外していった。

最後のボタンを外し終わりシャツを脱ぐと、次いでグレーのアンダーシャツを脱ぎ捨てる。

現れたのは、贅肉《ぜいにく》の全くない、美しい男性の肉体だった。

「きれい……」

麗華はあまりに単純過ぎる感想を抱きながら、盛り上がった胸筋に手を伸ばす。だが触れる前に桜井にその手を掴まれて、顔の脇に縫いとめられた。

自分の手の甲に当たるすべすべとしたシーツの感触と、スプリングの軋《きし》む音から、ようやく麗華は自分がベッドに寝かされているのだと気付いた。

だが、自分のベッドではない。自分のはこんなに広くないし、桜井の向こうに見える天井もこんなに高くない。

――私の部屋じゃない。

じゃあどこだろう、と考えた瞬間、首筋に噛み付かれて身を竦《すく》ませる。

「んあっ」

鼻にかかった嬌声《きょうせい》が自分の口から漏れて、恥ずかしいと感じる間もなく、鎖骨を吸われた。

皮膚の薄い部分を刺激され、身の内側に電流のような疼《うず》きが走る。

「は、ぁあん」

同時にまた甘えるような鳴き声が漏れ出ると、桜井が嬉しげにくつりと笑った。

「可愛い」

可愛いわけがない。

可愛いというのは、あの大学の後輩女子や、笑顔で挨拶をしてくれる受付の女の子達のことを指すのであって、自分なんかは絶対に該当しない。

「か、わいくなんか……ないです……」

とろとろと蕩《とろ》けた頭でなんとかそれを伝えれば、桜井は麗華の胸元に吸い付きながら、フンと鼻を鳴らした。

「自己評価の低いところ、変わっていないね」

そうだろうか。妥当な自己分析だと思うのだが。

納得がいかず首を捻《ひね》る麗華の唇に、桜井は窘《たしな》めるようにキスを落とした。

「あなたは、誰よりも可愛い」

そうきっぱりと宣言して、啄《ついば》むように何度も麗華の下唇を食む。

「でも、そうだな。あなたが可愛いことは、俺だけが知っていればいい」

「ん……ぁ、む、ふ……」

柔らかな感触の中に時折当てられる固い歯が、まるで桜井の中の雄の本能のように感じる。麗華の胸に歓喜と恐れが同時に芽生えた。

唇を弄《もてあそ》ぶ一方で、桜井は片手を麗華の身体に這《は》わせ始めた。

シャツの上から大きな手が腰をゆっくりと撫でる。

ウエストから肋骨までのなだらかなラインを楽しむように行き来すると、スーツのパンツの中に入れていたシャツをするりと引き抜いた。

ぷつり、とボタンが外されて、下から順番に上がってくる。

片手で外しているせいか、その動きは緩慢《かんまん》だったが、キスに夢中になっている麗華にはあっという間に感じられた。

最後まで外し終えると、桜井の手はキャミソールの下に滑り込んで、麗華の肌に直に触れる。

「……っ、あ……」

桜井の手が自分の肌に触れている、と思っただけで、吐息が熱を帯びる。

肉の薄い脇腹に、肋骨の一本一本を数え上げるようにゆっくりと、大きな手が這《は》う。

触れられた部分の皮膚の細胞がゾワゾワと熱を持つのが分かった。

「あ、……ぁあ、む、ぅん」

嬌声《きょうせい》は執拗《しつよう》にキスを続ける桜井の口の中に消えた。

息苦しさに喘《あえ》ぎながらも、快楽をもたらす桜井の手の位置に神経が集中する。

その手はウエストから徐々に這《は》い上がり、とうとうブラジャーの際《きわ》に辿《たど》り着いた。

そしてワイヤーの硬い部分を、つ、と指でなぞり、薄いレースの上から包み込むように揉む。

その様子は、キスをされ続けている麗華には当然見えない。だが、自分の胸を桜井に揉まれているという場面を想像して、カッと顔に血が昇る。

麗華の胸は小さくはない。ブラジャーのサイズで言えばＤの65。男役だった女子校時代には、スレンダーな体形の割に胸がしっかりとあることに妙な違和感があったものだ。

紛《まぎ》れもなく女性なのだから考えてみれば当たり前のことなのだが、『女性の象徴』が自分の身体の上で存在を主張していることが、不似合に思えたのだ。

桜井に言われ、美しくあることを武器にしようと努力してきた結果、女性らしさが自然と身に付き、その違和感はいつの間にか消えてしまっていた。

それなのにこうして桜井に触れられていると、なんだかそれが甦《よみがえ》ってきてしまう。違和感——言い換えれば、分不相応なことをやっているという、罪悪感にも似た感情だ。

麗華はそれを自分の中で処理し切れずに眉を顰《ひそ》めた。

「何を考えてるの」

いつの間にか自分の考えに没頭していた麗華に、低い声がかけられる。

ハッとして目を上げれば、至近距離にある桜井の不満げな眼差しとかち合った。

慌てて視線を揺らすと、ちゅ、と優しいキスを瞼《まぶた》に落とされる。

「あ、あの……」

「今は俺のことだけ考えていて」

言われた途端、ブラジャーのカップを指で引き下ろされた。

ふるん、と乳房がまろび出る。

「あっ……⁉」

気付かない内にキャミソールは捲《めく》り上げられて、鎖骨の辺りでくしゃくしゃになっている。

この状況を把握するよりも先に、更に仰天する事態が麗華を襲った。

桜井が胸の先の薄赤い突起をぱくりと食べたのだ。

ひ、と思わず怯《おび》えた声が出た。

胸の先が熱い。ぬるり、と濡れた肉が蠢《うごめ》いて、突起を弄《いじ》る。上下左右にくまなく舐め上げられ、ちゅう、と吸われた。

「あぁっ、あっ、だ、だめ……」

放っておくのは忍びないと言わんばかりに、もう片方の乳房は手で揉みしだかれ、尖《とが》りを指で転がされている。

「ん……んん、あ、あぁ、ま、まって、あ」

あられもなく甘えた声を上げているのは、自分だろうか。

自分の胸の先がこれほど敏感だなんて知らなかった。

弄《もてあそ》ばれる度、歓《よろこ》びがその薄い皮膚の下に浸透し、血管を伝って全身を巡った。

「……!?　ッ、きゃぁっ」

不意に、舐めしゃぶられて敏感になっているその突起に歯を当てられ、痛みに悲鳴を上げる。

だが痛みと同時に湧き起こったのは、甘い毒のような快感だった。

それは下腹部まで到達して熱に変わる。熟《う》んだ熱はまるで赤く凝《こご》った熾火《おきび》だ。じわじわと熱を溜め、やがて爆発する時を待っている。

胸を吸っていた桜井が、徐々にその頭を下方へとずらしていく。その途中、皮膚を舐めたり吸ったりされる度に麗華は嬌声《きょうせい》を上げた。

「ああ、麗華、可愛い」

溜息のように桜井が呟いている。

なんて夢、と、与えられる歓《よろこ》びに脳が焼き切れそうになりながら、麗華はぼんやりと思う。

これまでも、桜井の夢は何度も見た。

優しくされたり、キスをされたり——そんな他愛もない夢ばかりだ。

それでも夢を見た後は罪悪感でいっぱいになった。

夢の中とはいえ、桜井に自分の欲求を押し付けていると思うと、自分が情けなくて申し訳なかったのだ。

それなのに、この夢は妄想を超えている。

超え過ぎていて、どうしていいか見当もつかない。

混乱する中、麗華は桜井に「腰を上げて」と命令された。

訳も分からずに言われるがまま身体をのろのろと動かせば、一気にスーツのパンツを脱がされた。

衣服の締め付けから解放されて弛緩《しかん》する身体とは裏腹に、頭は緊張状態になる。

慌てて腕を伸ばして制止しようとした時には、桜井の身体が脚の間に埋まっていた。

「あ、ま、待って……」

身を起こそうにも、桜井の両手が膝の裏をしっかりと掴んでいるためままならない。

そして麗華は、桜井の目の前で盛大に脚を開かされることになった。

いつだったか生物の教科書で見た、カエルの解剖図が頭に浮かぶ。

まるであれと同じ恰好だ。下着は残されたとはいえ、ほとんど裸同然で。

羞恥《しゅうち》で頭がおかしくなりそうだった。

「は、恥ずかしい……！　や、やめてください……！」

泣きそうな声を上げ、顔を両手で覆う。

「やめるわけないだろう」

それなのに、桜井は無情にもあっさりと却下する。

もうダメだ。夢とはいえ、桜井にこんな姿を見られるなんて耐えられない。

こんな夢、もう早く目が覚めて、と唇を噛んだ瞬間――

「きゃあっ！」

シルクの下着の上から熱く湿った感触がして、思わず悲鳴を上げた。

まさか、と青褪《あおざ》め、頭だけ起こしてそちらを見遣る。麗華の予想通り、桜井の顔がそこに埋まっていた。

桜井は蒼い顔でこちらを見ている麗華に気付くと、ニヤリと目だけで笑ってみせた。

そしてこれ見よがしに赤い舌を出して、麗華の下着を舐める。

絹一枚の向こうで湿った肉が蠢《うごめ》いた。

柔らかいはずのその肉は、驚くほどの力強さで麗華を刺激する。

「ひぁああっ」

それが薄い茂みに隠された小さな突起を掠《かす》めた時、麗華は背を反らした。

麗華の反応が気に入ったのか、桜井はそこばかりを攻めてくる。

舌先でちろちろと弄《いじ》られたかと思うと、舌の腹でぐう、と押し潰される。

「あ、あ、ぁあっ、だめ、おねが……ああっ！」

緩急《かんきゅう》をつけた愛撫に、麗華の身体は陸に上がった魚のようにピクピクと跳ねた。

くぐもった笑い声がして、ぴちゃり、という水音がそれに重なる。

「濡れてるよ、麗華。下着の上からでもハッキリと分かる」

意地悪で、嬉しそうな声色に、ひ、と情けない声が出た。

頑是《がんぜ》ない子どものようにイヤイヤと首を振っていると、桜井はまた「可愛い」などと言う。

「なんなら、中を見てみようか？」

桜井が指で下着を引っかけて脇に寄せる。

「……ほら、トロトロだ」

何でそんなに嬉しそうに言うのだろう。こちらはこんなにも恥ずかしいというのに。

桜井はこれまで見たこともないような上機嫌な顔で、曝《さら》け出された麗華のそこに見入っている。

やがて彼は愛液の零《こぼ》れた花弁を二本の指を使って開く。蜜口の上の突起をくるりと撫でられて、またもや嬌声《きょうせい》が出た。

「蕩《とろ》けて、滴《したた》って……ここもこんなに膨れ上がってる。美味《おい》しそうだね、麗華」

美味《おい》しそうなものか。食べ物なんかじゃない。

それなのに、桜井は再びそこに顔を埋《うず》めて、直に舐めたのだ。

「んあっ！」

じゅるりと愛液を啜《すす》る卑猥《ひわい》な音が立つ。

尖《とが》らせた舌に陰核を弄《いじ》り回され、時には吸われて、麗華は喘《あえ》いだ。

もう自分がどんな声を上げているかなんて、気にする余裕はない。

嵐の中の木の葉のように、与えられる快感にもみくちゃにされている最中、くちゅり、と自分の中に何かが入り込むのが分かった。

「……あっ！」

恐らく桜井の指だろうと推測できたが、初めての経験に身体が硬くなる。

それを感じ取ったのか、桜井の愛撫が優しい動きに変わった。

「少し、我慢して」

桜井の指はそっと探るようにして麗華の中を動いた。

十分に潤《うるお》っていたせいか、痛みは全くない。

けれど自分の中で自分以外の物が動く感触は、奇妙でしかなかった。

違和感に身の硬さが取れないものの、桜井の優しい愛撫に、麗華の五感が白く高みに昇っていく。

それはコップに少しずつ注がれた水にも似ていた。

溜まりに溜まって、表面張力によってコップから盛り上がっている、緊張状態。

決壊する時を、待っている。

は、は、という自分の荒い息が、ひどく生々しく感じた。

恥ずかしさからか、快楽からか、あるいは安堵からか、涙が零《こぼ》れていた。

ゆったりと陰核を弄《いじ》っていた舌の速度が速まる。

愉悦が急速に高まり、あ、あ、あ、という意味をなさない音が自分の喉から出るのをどこか遠くに聞く。

「麗華、いって」

「――――っ!!」

その瞬間、麗華は目の前にチカチカとした星を見た。

そして引き絞られた弓の弦のように四肢が強張って、麗華は白い高みへ昇らされた。

眼裏《まなうら》に星の煌《きら》めきの残骸を見ながら、夢の中のはずなのに、麗華はゆっくりと意識を手放した。

5

目が覚めて、ギクリとしたのは生まれて初めてだった。

――私の部屋じゃない。

ガバリと上半身を起こしたところで、猛烈な頭痛が襲ってきた。麗華は文字通り頭を抱えて呻《うめ》き声を上げる。

頭が痛い。そして気持ちが悪い。これまでの経験からすると、これは二日酔いだろう。

――えっと、昨日は確か……

と記憶を辿《たど》り、桜井と夕食を共にしたことを思い出して血の気が引いた。

桜井にあの幻の酒を出す店に連れて行ってもらい、旨《うま》い酒と肴《さかな》に舌鼓《したつづみ》を打って、ついつい パカパカと杯を重ねて――そこまで振り返って、ぎゅっと眉間に皺《しわ》を寄せた。

覚えていない。

その先を知ろうといくら探っても、記憶の箱の中は真っ白だった。

――あれから、どうしたんだろう。

状況から推察するに、ここはホテルか、もしくは桜井の家である可能性が高い。責任感溢れる桜井が泥酔した部下を放って一人帰るはずはないし、麗華の家の住所を知らなければ送りようもないだろう。

「うわあ……」

麗華は再び呻《うめ》き声を上げた。

――最悪だ。よりによって桜井部長に、酔っ払いの介抱をさせてしまうなんて……！

酔って記憶を飛ばしたことは数回あるが、いずれも酒の呑み方を知らなかった大学生の時の話である。社会人になってからは酒量を自制していたし、コントロールを失ったことは一度もなかった。

社会人になって初めての失態。

それがどうしてよりにもよって、桜井の前なのか。

「……死にたい！」

どれだけ迷惑をかけたのだろう。

もしかしたら、吐いたりなんかしてしまっていないだろうか。

ハッとしてベッドの掛布団を剥《は》ぎ、自分の姿を検《あらた》める。多少着崩れてはいるものの、昨日の服のままだ。

スーツのジャケットを脱いでいたのは、きっと気を使った桜井が脱がしてくれたのだろう。

好きな男に自分の吐瀉物《としゃぶつ》の処理をさせたという最低最悪の事態は回避したようだが、迷惑をかけたという状況に変わりはない。

謝罪するにしても、とりあえず身支度だとベッドを下りると、なんだか四肢が怠《だる》い気がした。筋肉痛のようだが、普段使わないような内腿や二の腕が重い。

――何か妙なことしたかしら？

首を捻《ひね》るものの、例の如《ごと》く記憶は真っ白だ。

やはり泥酔して何かとんでもないことをやらかしていたのだろうか。そう思うだけで、むかむかしていた胃がきゅうっと引き絞られる。

軽い吐き気に口許《くちもと》に手をやると、ふと腕時計が目に入った。針が六時半を示していて仰天する。

——ヤバい！　遅刻しちゃう！

慌てて寝室らしいドアを出れば、広いリビングに繋《つな》がっていた。黒と白を基調としたソファやラグ、テレビボードなどの家具に、背の高い大きな観葉植物。無駄なものはほとんどないけれど、殺風景な部屋ではない。ソファなどは一見して高級品だと分かる、上質でお洒落《しゃれ》なものだった。ここは桜井の部屋だろうか。

ということはホテルではなく、自宅に連れて来てくれたということか。

そんなことを考えながら部屋を見回していると、コーヒーのいい匂いがする対面キッチンから、ヒョコリと桜井が顔だけ覗かせた。

桜井は糊《のり》の利いたシャツにスラックス、その上にエプロンという出で立ちで、フライパンから白い皿に目玉焼きを移している。

「おや、起きたの。眠り姫」

白と黄色のコントラストがきれいな目玉焼きが載った皿を手に、桜井が明るく言う。

『姫』などと呼びかけられ、ひい、と悲鳴を上げて土下座したくなる。

朝から神々《こうごう》しいまでに美しく、春の風のように爽《さわ》やかな桜井に対し、こちとら二日酔いの上に化粧したまま爆睡で、肌も心もボロッボロの雑巾《ぞうきん》女である。

できれば見られたくない！

だが、礼と謝罪を述べねば人として終わってしまう！

葛藤するまでもなく、選ぶべきは後者である。

麗華は顔を隠したい衝動をグッと抑え、直角に腰を折った。

「桜井部長、ご迷惑をおかけして申し訳ありませんでした！」

半ば叫び声の麗華の謝罪に、しん、と静寂が広がる。


――やはり怒っていらっしゃる!?

続く沈黙に戦々恐々《せんせんきょうきょう》としながら、麗華はお辞儀をしたままゴクリと唾を呑んだ。

やっぱり何かしでかしたのか。そして一体、何をしでかしたんだろう。

グルグルと考えを巡らせていると、コトリと皿をカウンターに置く音がした。

「――それは、何に対しての謝罪かな？」

ひどく平坦な声に、もう一度唾を呑んだ。

頭を下げたままでも、桜井から醸《かも》し出されるオーラが冷えているのが分かる。

「あ、あの」

「顔を上げたら？」

「……はい」

取りつく島もないほど淡々とした指摘に、麗華は恐る恐る上体を起こした。

桜井を見遣れば、彼がエプロンを外しながらこちらへやって来るところだった。

「あの、実は大変情けないことに、昨夜夕食をご一緒させていただいたまでは覚えているのですが……」

「——覚えていない？」

自分の言葉に、桜井が一瞬絶句したのが分かって、麗華は今度こそ本当に死にたくなった。

——一体何をやらかしたの、昨夜の自分！

昨日の自分を殴りたくなりながら、麗華は神妙に頷いた。

「すみません……」

「どこから？」

「あの、夕食をご一緒したことは——」

「うん。それはさっき聞いたよ。もっと詳細に知りたいんだ」

執拗《しつよう》なまでに突っ込んでくる桜井に困惑しつつ、麗華は懸命に記憶を辿《たど》った。

「ええっと……あの、熱燗《あつかん》をいただいたところまで……。女将《おかみ》さんがクチコ酒を勧めてくださって、それが美味《おい》しかったことは覚えています」

あのクチコ酒は美味《おい》しかった。本当に、美味《おい》しかった。

その後は、なんだかフワフワと気持ち良かったような、そんな感覚だけが頭の中に残っている。

「……それだけ？」

「すみません。私、何をやらかしてしまったのでしょう……？」

愕然《がくぜん》とした顔の桜井など初めて見た。麗華が記憶にない自分の愚行に震えながら訊《たず》ねると、桜井はハッと表情を改め、笑ってみせた。

その笑顔がなんだか困ったような、どこか切ないようなものに思えたのは、麗華の気のせいだろうか。

「……いや、そんなことはないよ」

そう答えてくれる声色にも力がない気がして、麗華は慌てて言い募った。

「あの、覚えていなくて本当に申し訳ありません。何かしでかしてしまったのなら、弁償というか、償《つぐな》いというか……。もしかして、昨夜私が壊してしまったものや、汚してしまったものがあるんじゃないでしょうか？　だったら、お詫びにもなりませんが、せめてそれだけでも……！」

もし吐いて桜井の私物を汚してしまっていたりしても、優しい彼のことだから、気を使って麗華には言わないかもしれないが。

そう思い、半分涙目になって桜井ににじり寄る。

必死の麗華に気圧《けお》されたのか、桜井は苦笑いをして首を振った。

「いや、本当にそんなことはなかったんだよ。吐かれたり壊されたりは全くなかったから、安心していい。そういう意味では、あなたはとても大人しい酔っ払いだった」

「大人しい酔っ払い……」

非常に受け止め方に困る評価をいただいて、麗華は複雑な心境になる。

喜んでいいのか悲しんでいいのか分からないが、きっとこの場合天秤は前者に傾くのだろう。

「ただ……あの店でお酒が進み、あなたは眠り込んでしまってね。あなたの家の住所が分からなくて、申し訳ないんだがウチに来てもらった。それも……覚えていない？」

「すみません……」

重ねて確認されて、麗華はひたすら恐縮するのみだ。

桜井はなぜか打ちのめされたように片手を額《ひたい》に当てて天を仰《あお》いでいる。

「あの、桜井部長……」

「桜井部長、ね……」

哀愁《あいしゅう》すら感じられる弱々しい笑みを口許《くちもと》に浮かべる桜井に、麗華はオロオロとするばかりだ。

「また振り出しに戻るのか……」

そんな桜井の自嘲めいた呟きに、当然ながら麗華は首を傾げるだけだった。

その後、麗華はバスルームを借りることにした。シャワーを浴びるよう勧められたが、さすがにそこまで図々《ずうずう》しくはなれない。

洗面台でドロドロになった化粧を一旦落とし、化粧水で肌を整えてからもう一度メイクを施《ほどこ》す。

一度コンビニもない場所へ日帰り出張した際、台風で飛行機が飛ばず急遽《きゅうきょ》一泊することになった経験から、メイク道具は持ち歩いているのだ。

身支度を整えてバスルームを出れば、桜井がリビングのローテーブルにコーヒーのマグカップを置いているところだった。

テーブルの上にはコーヒーの他に、先程のベーコンエッグと厚切りのトーストも載っていた。トーストはカリッと黄金《こがね》色。その上にバターが半分蕩《とろ》けていて、見るだけで涎《よだれ》が湧いてくる。

麗華に気付くと、桜井は顎《あご》でソファを示して言った。

「どうぞ、食べて。料理はあまりしないからこんなものしかないけど」

おどけたように肩を竦《すく》める桜井に、麗華は首を横に振った。

「いいえ、とんでもない！　十分です。ありがとうございます。とても美味《おい》しそうです」

麗華の元気の良い返事に、桜井がクスリと笑ってソファに座るよう促《うなが》した。

麗華が二人掛けのソファに座ると、桜井は一人掛けのソファに座り、二人で朝食を囲んだ。

シンプルなメニューは、けれど見た目通りの美味《おい》しさで、胃に物が収まるとホッと人心地がついた。起き抜けに感じた胃のむかつきはすでにない。

ペロリと全てを平らげ、桜井と一緒に後片付けを終えた頃、時計は七時を回っていた。

麗華は慌てて桜井にもう一度謝った。

「桜井部長、今回は本当にご迷惑をおかけしてすみませんでした！　そして介抱してくださって、その上朝ご飯までいただいて……このご恩は、必ず仕事でお返しします！」

九十度のお辞儀をしながら、時間を頭の中で計算する。

今日はこのまま出社するしかない。昨日と同じ服だが、会社に行けば着替え一式がロッカーに入っている。そこで着替えればいいだろう。

「そのご恩は、仕事じゃない方法で返してもらおうかな」

頭を下げた体勢でいた麗華は、その声が思いの外《ほか》近い場所から聞こえたことを不思議に感じた。

身体を起こすと同時に、腰をグイと引き寄せられる。ふらりとバランスを崩したところに、硬く逞《たくま》しい身体が密着した。

ふわ、と鼻腔《びこう》を擽《くすぐ》る香水の匂いで、自分が桜井に抱き締められているのだと理解した。

厚い胸板に自分の頬が埋まっている。

シャツ一枚の下にある体温を直に感じて、一瞬で顔に血が昇った。

ブリキの人形のように身体を硬直させた麗華に、桜井が優しく手で髪を梳《す》いた。もう片方の手は麗華の腰をしっかりと掴んで離さない。

弄《もてあそ》ばれていた後ろ髪をやんわりと引かれ、抗《あらが》うこともせずに顔を上げれば、桜井の美しい顔が凄絶なまでの笑みを浮かべてこちらを見下ろしていた。

息を呑んだのは、あまりにも色っぽかったからだ。

美し過ぎる笑みが段々と迫って来るのを、麗華は茫然と眺めていた。

やがて近過ぎる距離に焦点が合わなくなって、唇が塞がれる。

互いに目を開いたままのキスだ。

桜井の唇は、柔らかかった。

初めて味わうはずのその感触を、知っているような気がしたのはどうしてだろうか。

「んっ――」

鼻にかかった声が出たのは、歯列を割って桜井の熱い舌が麗華の中に入り込んできたからだ。

「ふ、ん、ん……」

侵入者は我が物顔で麗華の口内を蹂躙《じゅうりん》した。

くちゅ、と自分達の間で濡れた音がどこか遠くに聞こえる。

絡められ、力強く擦り付けられると、桜井の舌の味がした。

他人の舌に味があるんだと場違いな感想を抱いていると、上顎《あご》をちろりとくすぐられて背筋に快感が走り抜ける。

「んんっ」

鼻から抜けるように甘えた声が出た。

すると桜井はまるで前から知っていると言わんばかりに、麗華の弱い場所を的確に攻めた。

「ん、う、んん……っ」

「可愛いね、麗華」

キスの息継ぎの僅《わず》かな間に、桜井はそんなことをつぶやく。

麗華の方は息継ぎもままならず、今桜井に名前で呼ばれたことに気が付くこともできない。

酸素不足と快感でガクガクと膝が笑い、しなだれかかるようにして桜井にしがみ付けば、がっしりとした腕で抱きとめてくれた。

「――ぁ、はっ、んんっ……」

麗華が体勢を崩しても、桜井はキスをやめなかった。

それどころか、貪《むさぼ》るほどに激しくなっていく。

桜井に抱き締められて口腔《こうこう》を侵されている。それなのに、ひどく安堵している自分に気が付いた。

まるで、自分の巣に帰って来た雛《ひな》のように。

――私、この腕の中を、知ってる……？

桜井に抱き締められるのも、キスをするのも初めてなはずだ。

それなのに、なぜこんな既視感を抱くのか。

桜井が麗華の口の端から零《こぼ》れかけた唾液を舐め取って、ようやくキスを終えた。

すっかり蕩《とろ》けきった顔で見上げる麗華に満足気に目を細めると、その頬を指の背で優しく撫でる。

「思い出した？」

「……え？」

言われた意味を理解できず、ポカンと口を半開きにした麗華に、桜井は意地悪く唇の両端を上げる。

「思い出すまで、この先はお預けだな」

「……うええ⁉」

何を思い出すのか。そしてこの先とはなんだというのか。

まるでなぞなぞのような桜井の言葉に、麗華は目を白黒させる。

勿論《もちろん》、例に漏れず顔は熟した林檎《りんご》のようになっていた。

状況を把握しようにも自分のキャパシティを明らかに越えている。

涙目でパニックになっている麗華は、自分を見つめる桜井の眼差しが、甘く愛しげなものであることに気が付かない。

「おっ、おじゃましましたっ‼」

頭の中が真っ白になって、麗華は子どものような挨拶を叫んでお辞儀をした。

そして取る物もとりあえず荷物を抱えると、脱兎のごとく桜井のマンションから逃げ出したのだった。

＊＊＊

――昨日は一体何があったんだろう。

外回りの途中立ち寄ったコーヒーショップにて、熱くて濃いコーヒーを胃に流し込みながら、麗華は悶々《もんもん》としていた。

午前中とはいえ店内は客でいっぱいだ。

カウンター席のスツールに、長く形の良い脚を組んで座る美女の憂《うれ》い顔に、周囲の客がうっとりと見惚れているのに、本人は気が付いていない。

本来ならば今日は外回りの予定ではなかったが、あのまま会社で桜井と顔を突き合わせて平気でいられる自信がなかった。

対する桜井の方はと言えば、朝のミーティングでも、まるで何もなかったかのように穏やかに微笑んでいた。むしろいつもよりも余裕があるくらいの泰然自若《たいぜんじじゃく》っぷりに、なんという理不尽！　と心の中で憤慨したのは致し方なかろうと麗華は思う。

『藤井くん、港区のタワマンの件で、確認したいことがあるのでこちらへ来てください』

ドギマギして目も合わせられない状態の麗華に対して、桜井はしれっとそんなことを言った。

資料を持ってギクシャクとロボットのような動きで桜井のデスクに近付けば、桜井はにっこりと微笑んで仕事の話を始める。

昨夜からの失態に関して何か言われるかも、と焦っていた麗華は拍子抜けしつつも、しっかりと答えた。仕事の話であればスラスラと話すことができるのだ。

――だ、だけどっ……!?

桜井に資料の内容を説明しながら、麗華はごくりと唾を呑んだ。

ふわりと桜井のつけている香水の匂いが鼻腔《びこう》を刺激する。

——ち、近いっ……！

距離が近いのは、気のせいだろうか。これまで必要以上に他人に近付かなかった桜井が、今や麗華の肩に己《おのれ》の肩を触れさせんばかりの近さで、仕事の話を聞いている。更に、麗華の持つ資料を覗き込むようにするものだから、彼の髪の毛が麗華の肩や鎖骨をふわふわと擽《くすぐ》るのだ。

その感触に今朝のキスの記憶を呼び起こされ、麗華の頭の中は盛大に混乱しまくった。

——まるで私だけ、踊らされてるみたい……

こんなに距離が縮まっているのに、桜井の態度はあくまで以前と変わらない。

穏やかな笑顔と知的で紳士な物言いは、仕事の話を聞く、というスタンスを保っている。そのあまりに通常運転な様子に、桜井にとって今朝の出来事など取るに足らないことなのだろうと、悲観的な気持ちにすらなってしまう。

桜井との一夜。そんな言い方をすればなんとも意味深に思えてしまうが、桜井との間には何も起こっていない……はずだ。

据え膳食わねば、などと世間では言ったりするが、桜井は好きでもない女に手を出すような男ではない。

それに麗華の身体にそういった変調はなかった。本などで読む限り、そういう行為をした後には、あらぬ場所に鈍痛などの不調をきたすらしいから。

四肢に多少の筋肉痛はあるものの、そういう類《たぐい》のものではなく、酔っ払いが妙な動きをしたか、寝相が悪かった故《ゆえ》のものだろう。

つまりは夕食をご馳走してくれた上司に酔っ払いの介抱をさせてしまっただけだ。己《おのれ》の頭を殴り付けたい衝動に駆られるものの、何とか堪《こら》える。

――それならどうして、桜井さんはあんなことをしたの？

桜井に、キスをされた。

未だ唇の上に残っている感触がまざまざと甦《よみがえ》って、麗華はカウンターのテーブルに突っ伏した。悶絶《もんぜつ》しているので顔は当然ながら真っ赤である。

――桜井さんに、キス、された！　どうして？　なんで？

クエスチョンマークが頭の中を埋め尽くす。その上桜井が言った「思い出すまでは、お預けだな」という意味深な台詞《せりふ》。

間違いなく、何かをしでかしてしまっている。

そしてそれをまるっと忘れてしまっているのだ。

――つまり、あのキスは、お仕置き？

お仕置きでキスなんて、ご褒美以外の何物でもない、などと考えている時点で、今の自分は混乱を通り越して浮かれているのだ。

そのことにようやく気が付いた麗華は、ガタリとその場で立ち上がり、コーヒーを一気に飲み干した。

温《ぬる》くなった液体の苦味が、浮かれポンチな脳を叱咤《しった》する。

「仕事、してやる」

誰に挑んでいるのか、挑戦者のような目をして宣言し、麗華はコーヒーショップを後にした。

昨夜に何があったとしても、今すべきことは、仕事！　仕事に没頭していれば、余計な雑念など湧いてこないはずだ。

心頭滅却《しんとうめっきゃく》すれば火もまた涼《すず》し。

麗華は唇を引き結ぶと、頭の中を仕事モードに切り替えて、今朝の桜井とのキスを思い出してしまう乙女な己《おのれ》を封印したのだった。

＊＊＊

その後は多忙な日が続いた。

何か重要なことが起こったのか、社内で重役会議が頻繁に行われているためだ。

大手銀行数社だけでなく、三楽専属のコンサルタントや弁護士もしょっちゅう訪問してくる。

勿論《もちろん》桜井も会議に駆り出されているため、営業部で業務が滞《とどこお》ることもしばしばだった。

一体、何が起こっているのかと、会社全体がざわついている。

とはいえ、平社員達に事情が説明されるのは全てが決定してからなので、今はルーティンワークをこなしていく他ない。

それでも、麗華個人の仕事量は、重役会議のことを差し引いても多い。後輩の水戸が引っ張ってきた華僑の案件をまとめるために奔走したのと、産休の山口の代わりとなる女性社員が異動して来たからだ。

新しくやって来たのは、どことなくあどけなさの残る可愛らしい感じの女性だった。

「中林依子《よりこ》です。営業のことは分からないことだらけですが、一生懸命頑張りますので、ご指導の程よろしくお願い致します！」

異動してきたその日、二十四歳だという彼女は、緊張した面持《おもも》ちでペコリと頭を下げた。

二年目のはずだったが、まだ学生のような初々《ういうい》しさのある中林に、麗華は思わず微笑んだ。

彼女が、女子校時代の入学したての新一年生に見えて、懐かしくなったからだ。

思えばこの営業部に若い女性社員が入るのはずいぶん久し振りだった。

「藤井麗華です。どうぞよろしくね」

さっそく麗華は佐野と共に、彼女の指導に当たることにしたのだが……

中林は器用とは言い難《がた》く、仕事を覚えるのに時間がかかる――つまりは手のかかるタイプの人間だった。

それでも不真面目な様子はなく、自分が不器用だという自覚があるのか、仕事に一生懸命取り組む。麗華をはじめ周囲の人間が手を差し伸べるのに、苛立ちや不満を覚えることはなかった。

営業部に不穏な空気をもたらすことがないと分かり、伊田の件が記憶にある者達は、皆揃って胸を撫で下ろす。

だが同時に、麗華は――いや、この営業部にいる人間は全員、気が付いた。

中林が潤《うる》んだ熱っぽい眼差しで、誰を追っているのかを。

――桜井部長。

中林は、桜井に恋をしていたのだ。

誰が見ても丸分かりのその可愛らしい恋情に、周囲は苦笑い混じりの温かい目を向ける。だが、当の桜井は気付いているのかいないのかは分からない。

優しく丁寧ではあるものの、いつもの紳士な物腰のまま対応している。

もしこれで桜井が、新人だからという理由で中林を特別扱いしていたら、きっと麗華は普段通りではいられなかっただろう。

そのことにホッとしつつも、こうして身近に桜井を好きだという女性が現れたことに、少なからず動揺していた。

こんな風に可愛くて素直で、てらいなく桜井を好きだと表現できる女の子だったなら。

そんな嫉妬がむくりと頭を擡《もた》げてしまい、慌ててそれを押し込める。

こんな状況であっても、ちゃんと彼女の指導者を務めることができているのは、麗華がプライドを持って仕事をしているから。そして、中林がとてもいい子だったからだ。

——可愛い。

麗華の教えた内容を、小さなピンク色のメモ帳に必死で書き込む中林を見ながら、麗華は目を細める。

女子校思考に偏《かたよ》りがちな麗華にとって、彼女は好意を抱くのに十分な女の子だった。

可愛らしく、明るく、素直で、懸命。誰もが彼女の存在に微笑まずにはいられない。

まさに『お姫様』そのものだ。

数年前まで培《つちか》っていた麗華の『王子様』根性を刺激して余りある。

優しく構って懐かせたい、そんな欲を抱いてしまう中林を、麗華はとても可愛がった。

そして中林も、麗華によく懐いてくれている。

麗華の指示に忠実に従い、分からないことがあればまず麗華に訊《たず》ねてきたし、麗華の忠告を素直に聞き入れた。

「藤井さんがお手本ですから！」

愛らしい笑顔でそう言ってくれる後輩を、どうして可愛くないなどと思えるものか。

ともあれ、不安だった新しい女性社員のＯＪＴの件も、平穏にこなすことができている。

そんな毎日を送ることで、桜井とのキスを考えずに済んだ。

もしかしたら、無意識にそうしていたのかもしれない。

桜井のキスを――そしてその前夜に何があったのかを知ってしまえば、今こうして桜井の傍で過ごす充実した日々を、失うかもしれない。

傍にいるだけで良かった。

憧れて、恋をして、誰よりも尊敬する人。

一緒に仕事をしたら面白いだろうと言ってくれて、嬉しかった。

その人と、同じ職場で働けるだけで良かった。

だから、今のこの幸せを壊すかもしれない変化が、麗華は怖かったのだ。

――どこが、『王子様』なの。

麗華は己《おのれ》の臆病さを、胸の裡《うち》でそっとせせら笑う。

王子様は、戦う勇者だ。勇猛果敢に悪い魔女を倒し、お姫様を救い出さなくてはならない。

だが、桜井が欲しいと欲望を燻《くすぶ》らせながら、手に入らぬ現状を打開する勇気もない麗華には務まらないだろう。

望んだ『お姫様』にもなれず、求められた『王子様』にもなり切れない、中途半端な自分は一体何になろうとしているのか。

課長に報告書を添付したメールを送り終え、麗華はキーボードを叩いていた指を止めた。

ふ、と小さな溜息を零《こぼ》して目元を揉んでいると、背後から小さな声がかかった。

「あの、藤井さん」

可愛らしい声は、目を開けなくても分かる。

おもむろに瞼《まぶた》を上げると、こちらを心配げに覗き込む中林の顔があった。

「お疲れ様です。良かったら、これ」

そっと差し出されたのは、ピンク色のマカロンだった。

やはり可愛らしい女子は、差し出すお菓子まで可愛らしい。

「……可愛い」

女子力の高さに感心し、思わず零《こぼ》れた本音に、中林は「えへへ」とはにかむ。それからそっと人差し指を唇に当てた。

「もらい物なんですけど。でも、美味《おい》しかったので。あの、ひとつしかないので、皆さんには内緒にしてくださいね」

「……ありがとう」

彼女が純粋に自分を心配してくれているのだと分かって、麗華は胸が温かくなる。

ひとつしかないということは、きっと自分用に持って来ていたに違いない。それを、疲れていた麗華にあげようと思ってくれたのだ。

もし彼女が伊田のように麗華を『敵』だと思っているなら、こんな風に麗華にだけ、お気に入りのお菓子をくれたりしないだろう。

——本当に、いい子。

自分のデスクに戻って行く、華奢《きゃしゃ》な後ろ姿を見つめてしみじみと思う。

——こんなにいい子を羨《うらや》むなんて、まるで『悪い魔女』みたいだ。

不意に脳裏に浮かんだ言葉に、ギクリとする。

悪い魔女は王子様に倒される。

——もし、桜井さんに蔑《さげす》んだ目で見られてしまったら。

想像するだけで、心が悲鳴を上げた。

無理だ。自分には、できない。

あの子を羨《うらや》んで醜《みにく》い心を曝《さら》け出すことも、桜井のキスの理由を追及することも、怖くてできない。

ただ立ち竦《すく》むしかない自分を振り払うようにして、麗華は席を立った。

思いの外《ほか》激しい動きだったらしく、中林をはじめ、周囲の人間がビックリした顔でこちらを見た。

麗華は慌てて取り繕《つくろ》うべく微笑むと、机の引き出しの中から、領収証と申請書をまとめたクリアファイルを取り出す。

「ちょっと、経理部に行ってくるわね」

取ってつけたような言い訳に、素直な中林が「はい。いってらっしゃいませ」と生真面目な返事を返してくれる。

それに頷きながら、麗華は逃げるようにして営業部を後にした。


経理部では、麗華が訪れるといつも、女性社員達がニコニコと愛らしい笑顔で対応してくれる。

領収書の提出の遅い者達は、当然ながら彼女達に嫌われやすい。

別の部署の同期など、「毎回睨まれるんだぜ。おっかねぇ」などと零《こぼ》していたが、麗華は期限に遅れたことがないので、とても気持ちの良い対応しか頂いたことがない。

今回もスムーズに事が済んだのだが、しばらくの間、彼女達に取り囲まれて他愛ないおしゃべりに付き合うことになった。

毎度のことなのでもう慣れたが、数分とはいえ堂々としたオサボリなのに、上司に小言を言われないか内心ヒヤヒヤだ。

「大丈夫？　おしゃべりしてて、怒られない？」

心配した麗華がこっそりと訊《たず》ねれば、彼女達は「まさか！」と笑顔で答える。

「だってうちの課長も麗華さんのファンですもん！　月に数回の逢瀬《おうせ》だから、少しでも長い時間ウチに麗華さんを留《とど》めておいて、堪能したいに決まってます！」

――堪能ってなんだ。

と内心訝《いぶか》しがりながら、記憶を探る。

経理部の課長は女性だったはず。

思い当たった答えに、麗華は苦笑が漏れる。ハリボテの『王子様』でも、女性からの人気は健在のようだ。

少しアンニュイな雰囲気を出した麗華に、女子達がホゥ、と溜息を吐きつつも、心配そうな顔を向ける。

「お疲れみたいですね、麗華さん。これ、どうぞ！」

「私も、これ！」

「これも！」

と、次々にチョコレートやキャンディなどを手渡される。

これ、どこから出したんだろう。そう不思議に思いながらも、女子とは身体のどこかにお菓子を仕込んでいるものなのかもしれない、と妙な納得をして、それらを受け取った。

微笑んで礼を言えば、また可愛らしい笑顔が返ってくる。可愛いって素晴らしい。

最後は「藤井さん、また来てくださいね！」という、熱の入った言葉で見送られた。

営業部へ戻る道すがら、もらったチョコレートのセロハンを切って、小さなチョコレートを口に放り込む。

疲れていると言われたのは、今日はもう二度目だ。甘い物を補給しておいた方がいいだろう。

「あ、ラズベリー味」

口の中に広がったラズベリーの香りに、小さく呟いた。

芳醇《ほうじゅん》な香りと味を楽しみながら、ふとコーヒーが欲しくなってしまった。

「チョコレートにはコーヒーよね」

などと自分に言い訳をして、回り道をして食堂の自販機へと向かうことにする。この自販機のコーヒーは割と美味《おい》しいのだ。

そして自販機の前で、胸ポケットにいつも忍ばせている小銭を出そうとした瞬間――背後から聞こえてきた声に、麗華は思わず自販機に身を隠してしまった。

男性二人の声で、その内の一人は桜井だ。

艶《つや》やかな美声は特徴的だし、麗華が桜井の声を間違えるわけがない。

どうやら二人は奥の会議室から出てきたようだ。今日も重役会議があったのだろうか。

どんどん話し声が大きくなっていることから、こちらへ向かって来ていると分かる。食堂を通り過ぎてその先のエレベーターに行くのだろう。

声が大きくなっていくにつれ、桜井の話相手が常務の向坂《こうさか》だと分かった。確か桜井が新人だった頃の直属の上司で、歳は彼より十歳ほど上だったはずだ。ずいぶん扱《しご》かれたが、可愛がってもらったと、桜井が酒の席で言っていたのを聞いたことがある。

「山口女史が抜けたそうじゃないか。経理の腰掛けが引き継いだって聞いたが、大丈夫なのか？」

中林のことだとすぐに分かり、ムッとしてしまう。

確かに彼女はあまり仕事が出来る方ではないが、やる気がないわけじゃない。腰掛けだなんて失礼だ。

すると、まるで麗華の怒りを和《やわ》らげるように、桜井の柔和《にゅうわ》な声が続いた。

「女史のようにとはまだ言えませんが、畑違いの営業部に放り込まれて、中林さんもなかなか頑張ってますよ。伸び代はあります。要は伸ばしてやればいいだけです」

やんわりと、けれどキッパリとした桜井の言葉に、向坂が面白げにフンと鼻を鳴らす。

「お手並み拝見だな、桜井部長」

「これは怖い。だが女史は降りましたが、ウチには女神が健在です。必ずやご期待に添えますよ」

ふふ、と桜井が含み笑いで応える。

麗華は桜井の言葉に、胸が熱くなった。自分の異名が今ほど嬉しいと思ったことはない。

桜井が自分を評価してくれている。自分ならやれると、信じてくれている。

だが、一気に高揚した麗華のテンションは、次に飛び込んできた向坂の台詞《せりふ》で、奈落の底まで落ちた。

「女史に女神にと、君は本当に女性を育てるのが巧いな！　この調子で、例のご令嬢も調教してくれよ！」

——例の、ご令嬢……？

ドクリと心臓が大きく跳ねる。

ご令嬢——それなりの家柄で、妙齢の女性をそう呼ぶ。そのご令嬢を、調教？

桜井はこのルックス、このスペックで四十路《よそじ》を前にして未婚だ。

これまでも何度も見合い話の打診があったが、全て断っていると聞く。

しかし、取締役の一人である向坂が知っているとなると、会社がらみの見合いなのかもしれない。

戦々恐々《せんせんきょうきょう》としながら息を潜《ひそ》めて窺《うかが》えば、桜井が苦々しく言う。

「向坂さん……そういうことは声を小さく」

桜井の口から否定の言葉が出ないことに、麗華は目の前が真っ暗になった気がした。

向坂は、桜井の態度を気にする様子もなく、愉快そうに笑う。

「これで会社も安泰！　まあ多少トウは立っているが、まだまだ旨味《うまみ》はありそうじゃないか」

「それは否定しませんが……」

「なんだ？　白羽の矢が立って不満か？　君はずいぶんと逃げ回っていたようだが」

「……逃げ回っていたというのは心外ですね」

そっけなく答える桜井に、向坂がハンと鼻を鳴らした。

「逃げてただろう。だが今回は社長から直々の打診だ。年貢《ねんぐ》の納め時ってわけだな」

太い高笑いを最後に、二人の会話は他の話題に移った。

そして麗華の隠れている自販機から遠ざかり、徐々に声も聞こえなくなっていく。

目的だったコーヒーを買うことすら忘れて、麗華はフラフラとその場から離れようとした。だがカクリと膝が折れ、その場にしゃがみ込んでしまう。

「……お見合い……」

ポツリと零《こぼ》れ出た単語に、一気に現実味が押し寄せてきた。

間違いない。あの会話から察するに、桜井はお見合いをしたか、あるいはこれからするのだ。

しかも、社長の勧めでということは、断れないお見合い——つまり会社の利益となる政略結婚だ。

別におかしいことは何もない。むしろ、これまで桜井が独身で通っていたことが不思議なくらいなのだから。

——じゃあ、あのキスは、なんだったの。私にした、あのキスは。

そこまで思って、フッと自嘲が込み上げた。

いや、きっとなんでもなかったのだろう。

単なる戯《たわむ》れか、あるいは、麗華の見た白昼夢《はくちゅうむ》だったのかもしれない。

桜井に恋い焦《こ》がれ過ぎて、白昼夢《はくちゅうむ》を見るだなんて、いかにも夢を見るしか能のない臆病な自分らしい。

笑ってしまえるほど他愛ない戯《たわむ》れ——そう麗華の頭は納得できる答えを叩き出しているのに、どうしてだろう。涙が零《こぼ》れるのは。

「――ふっ……」

堪《こら》え切れない嗚咽《おえつ》が、食い縛った歯の隙間から漏れ出る。

それを両手で押さえて、麗華はトイレに駆け込んだ。

泣いている無様な姿を、誰かに見られたくなかったのだ。

食堂から一番近いトイレの個室に逃げ込み、しっかりと鍵をする。

ようやく誰の目もない場所に来たことに安堵すると、気が弛《ゆる》んだのか涙が滂沱《ぼうだ》として流れ出した。ぼたぼたと胸の上に落ちる雫《しずく》に、慌ててハンカチを出して目に当てる。

――五分だけ。

五分だけ、自分に泣くのを許そう。それくらいは手向《たむ》けにしたっていいはずだ。

長い長い、初恋だった。彼と出会い、彼を追いかけ、彼のような大きな人間を目指し、彼の隣に立ってもいいような女性になるべく、毎日頑張ってきた。

これほど重い初恋を終わらせるには、準備が要《い》る。

その最初の一歩に、五分だけ。

自分に許したその時間、麗華はメイクが崩れるのも気にせずに、震えながら泣き続けた。

その日は結局散々だった。

なんとか涙を止め、化粧を直して営業部に戻ったものの、仕事でミスを連発してしまった。

普段の女神ならありえない失態に、周囲が心配げな顔を向けていたが、声をかけづらかったのか、麗華を遠巻きに見るばかり。

桜井もまた僅《わず》かに眉根を寄せて見ていたものの、指摘してくることはない。

それを心底ありがたいと感じた。もし何か注意されてしまえば、情けないことに泣き出してしまっていたかもしれない。

桜井を避けるようにして一日をなんとかやり過ごし、ほうほうのていで帰宅した麗華を待っていたのは、父からの電話だった。

『いい青年がいるんだ。会ってみないか』

元気にやっているのかなど、いつも通りの会話の後、ほんの僅《わず》かに気まずさを滲《にじ》ませた口調で、父が言った。

麗華は思わず笑い出しそうになった。

もしかしたら親という生き物には、自らも知らぬ内に、子を守るための人智を超えた力が授けられているのかもしれない。

そうでなければ、こんなにもタイミング良く、こんな提案をできないだろう。

――まるで、桜井さんを早く諦めろと、手を貸してくれているみたい。

桜井がどこかの令嬢と政略結婚してしまうことをまざまざと思い出し、鼻の奥がツンとなる。

鼻声になってしまったのを悟られないよう、わざと明るめの声のトーンで言った。

「それって、お見合いってこと？」

『いや、お見合いなんて堅苦しく考えなくていいんだ。相手はお父さんの教え子なんだが、とても優秀でね。来年大学院を卒業したら、その後アメリカの大学で働くことが決まっているんだ』

「へえ……」

相手が父の教え子と聞き、なるほどと内心思う。

父は大学の薬学部の教授で、院生の教え子は研究職に就く者が多い。

ただでさえ狭き門である薬学部の中で、院生として研究室に残り、更に卒業後アメリカの大学へ就職が決まっているとなれば、相当な逸材《いつざい》なのだろう。

『去年、君も一度会ったことがあるんだよ』

「去年？」

言われて麗華は首を捻《ひね》った。

父の教え子と会う機会は多い。父はよく学生を家に招くからだ。

麗華が子どもの頃から、父の教え子達が、夕食の場に混じっていることが度々あった。

はず。

だが、去年となると、すでに一人暮らしをしていたので、そうそう機会はなかった

そう思いつつも記憶を探れば、かすかに琴線《きんせん》に引っかかるものがあった。

「えっと、お父さんがぎっくり腰になった時の？」

確か去年の今頃だ。父がぎっくり腰になって入院騒ぎとなり、麗華も様子を見に慌てて実家に帰った。麗華の実家は世田谷《せたがや》にあり、帰ろうと思えばいつでも帰れる距離だ。

『そうそう。それで、私のサポートをしてくれたTAの田丸《たまる》くんだよ。こう、背の高い……覚えているかい？』

「うーん……」

TAとはティーチングアシスタントの略語で、大学が優秀な大学院生に対し、学部生の講義や実験等の教育補助業務を行わせ、教育者としてトレーニングさせる制度のことだ。この略語はその制度を活用する大学院生のことも指す。

入院した父の代わりに講義を担当してくれたTAが、講義内容の確認等で父の入院先によく出入りしていたのは記憶にある。だが、それがどんな人物だったかまでは、正直なところ覚えていない。

娘の声から察したのか、父は電話口で軽い笑い声を立てた。

『まぁ、麗華が覚えているとは思っていなかったからいいさ。君は仕事一筋だからなぁ。

誰に似たんだろう』

　ぼやく父の背後から、『あなたでしょ』と茶化す母の声が聞こえてきて、麗華は思わず笑う。相変わらず夫婦仲が良いようで、何よりだ。

「それで、お見合い相手って、その田丸さんって人なの？」

『そういうことだな』

「でも院生ってことは、私より年下なんじゃない？」

　大学院は修士と博士を合わせても五年だ。順当に行っていれば、二十七歳ということになる。

『確かに君よりもひとつ年下になるね。年下は嫌かい？』

「嫌とかは……そう言えば、あんまり考えたことがないわ」

　桜井に恋をして以来、他の男性を恋愛対象として見たことがなかったので、改めて問われると戸惑った。

「その、田丸さんの方は気にしないのかしら」

　麗華の台詞《せりふ》に、父が軽快に笑った。

『気にしていれば、そもそもこの話はなかったろうね』

「どういうこと？」

『彼から頼み込まれたんだよ。アメリカに行く前に、一度だけでいいから君に会う機会を設《もう》けてほしいって。去年君を見て、ずっと忘れられなかったそうだ。一目惚れだったと言っていたよ』

可笑《おか》しそうに話す父に、麗華はなんと返せばいいものか、答えに窮《きゅう》してしまった。

一目惚れ、と言われても、ピンとこないというのが正直なところだ。

桜井に焦《こ》がれて、彼の傍にいたいという願いを胸に、必死で今までやってきた。その麗華の心に、他の男性が入り込む隙は今もまだない。

――でも、それじゃダメなんだわ。

桜井は結婚する。彼の地位に相応《ふさわ》しい女性がその隣に立つことを、祝福しなくてはならない。

それを想像するだけで、胸が苦しくて泣きたくなる。

――このままじゃ、ダメ。

強くならなければいけないのだ。桜井の幸せを祝えるようにならなくては。

だから、今なおこの心を占めている初恋に、引導を渡さなくてはならない。

沈黙した麗華に、父が少し心配げな声をかけてきた。

『乗り気じゃなければ、断ってもいいんだよ。無理にという話じゃない。ただ、会うだけならどうかなと思っただけだから』

「――ううん。会ってみるわ。お父さんが言うなら」

麗華は微笑んでそう答えた。声に少しだけ涙が絡んでしまったのを、父に気付かれただろうか。

うまく隠せていたらいいと思いながら、麗華は通話を終えて目を閉じる。

人生には、転機があるという。もしかしたら、今が自分にとってのそれなのかもしれない。

お見合いをすることが、初恋に引導を渡すことになるのかと言われたら、疑問が残る。

でもきっと、うまくいってもいかなくても、次の一歩にはなるはずだ。

長かった初恋からの、卒業のための。

6

翌日、営業部の月例会議で、新しいプランニングプロジェクトについての説明があった。

「購入した二千坪の土地についての基本内容は手元にある資料の通りだ」

課長である奥村《おくむら》が、資料に目を落としながら言った。

要約すれば、元議員から購入したという郊外の土地の活用法について、企画書を上げろということらしい。

三楽不動産は不動産流通業だけでなく、開発、分譲をも行う民間デベロッパーだ。これまでは開発事業を縮小してきたが、昨年、住宅メーカーであるコウセツハウスを吸収合併したことを機に、再び都市開発業に取り組むことになったらしい。今回の郊外の広大な土地の購入も、その一環のようだ。

そして、大型病院近隣に建設予定のマンションのコンセプト企画について、営業部内でコンペティションを行うことになったのだ。

本来企画は営業部では畑違いの仕事。勝手の分からない仕事に戸惑っている部下達をぐるりと見回し、桜井は力強く鼓舞した。

「企画部の人間が作り出すものは、確かに的を射ていて巧妙だ。だが、実際に売るのは我々営業部だ。我々は買い手と顔を突き合わせて話し、感動、時には辛酸すら分かち合う。つまり、対人間だ。現場に立つ我々にしか分からないことは山程あるはずだ」

朗々《ろうろう》と語られる言葉は、営業をしてきた者にしか分からない重みがあった。

じわりと胸に広がる高揚感を、きっとここにいる全員が感じているのだろう。

「やってやろうじゃないか。我々現場の人間が、どこまでやれるか。営業のしぶとさ、そして底力を見せつけてやろう!!」

ニヤリと笑って言い切った桜井に、ワッと周囲が沸いた。

麗華もまた感動しながら桜井を見つめていたが、不意に視線の先にある美しい顔がこちらを見た瞬間、ビクリとしてしまった。

桜井と正面から目を合わせたのは、桜井のマンションで目を覚ましたあの日以来だ。互いに多忙だったのもあるが、昨日盗み聞きしてしまったお見合い話のこともあり、話をすることはおろか、目も合わせられなくなってしまった。

麗華が避けていることに気が付いているのか、たまに桜井から物言いたげな視線を感じたが、麗華にそれを確認する勇気はない。

今もまた、桜井の眼差しから逃げるようにして俯《うつむ》いてしまった。そんな子どもじみた行動をしてしまう自分に嫌気がさす。

こんなことじゃいけない、と自身で叱咤《しった》した時、桜井の声が聞こえた。

「今回は特に、藤井くんと中林くんの企画書に期待をしている」

新人の中林と共に名を挙げられ、驚きつつも、麗華の胸中は複雑に揺れた。

勿論《もちろん》、桜井に期待をかけられて嬉しい。

やり甲斐のあるプロジェクトだし、大学で建築学を学んだ麗華にとって得意分野だ。

だがコンペティションの競争相手を新人とも言える後輩にされたことには、正直なところ驚いた。

中林はいい子だ。素直だし、仕事も真面目にする。

だが、ずば抜けて能力が高いわけではない。

やり手の山口と比べれば、こなせる仕事量はまだ半分以下だ。

営業部に来て日が浅いことを差し引いても、中林に自分とコンペを競合できるほどの能力が備わっているとは思えなかった。

桜井の意図を図りかねて困惑する麗華を尻目に、桜井は仰天している中林の傍まで行き、笑顔でその肩を叩く。

「この営業部で数少ない貴重な女性の意見だ。女性ならではの意見、楽しみにしていますよ」

言いながら、桜井は顔だけをこちらに向けて、再び麗華を見た。

いつもの桜井らしい、穏やかな微笑。だがその眼差しの奥に、苛立ちのような怒りのような色があることに、麗華は気付いてしまった。

ぞくり、と背筋が凍った。

――桜井さんが、私に怒っている。

それはそうだ。昨日はミスを連発してしまった。

ずっと期待をしてくれていた桜井を裏切るような失態を犯したのだから。

中林と自分を名指ししたのは、きっとこのままでは新人以下になるぞという警告なのだろう。

その暗に含めるような言動には、『教えてもらうのではなく、自ら考えろ。それができなければ、切り捨てる』という無言の圧力がある。

表立てて叱らない、どこか試すような桜井らしいやり方に、麗華はぐっと腹に力を込めた。

ごくりと唾を呑んで、麗華は桜井の視線を正面から受けた。

「――はい。ありがとうございます、桜井部長。必ずご期待に応えてみせます」

麗華の回答に、桜井が眼差しの強さを和《やわ》らげて、ふわりと甘く微笑んだ。

瞬時に顔に血が昇ってしまう自分に舌打ちしたくなりながら、麗華は会釈《えしゃく》して踵《きびす》を返す。

ひとまず、首の皮一枚で繋《つな》がったというところなのだろう。

――このコンペ、絶対に負けられない……！

初恋に敗《やぶ》れた今、桜井の部下としての自分まで切り捨てられたくなかった。せめて、彼にとって優秀な部下でありたい。

ぐっと拳《こぶし》に力を入れて、麗華は自分のデスクへと戻った。

その後ろ姿を、桜井がじっと見つめていることには、気が付かないまま――

＊＊＊

お見合いは週末にセッティングされた。

向こうはいつでもいいということだったので、麗華の方で日時を指定した。

平日に仕事を詰め込んだから、コンペの企画書は大方仕上がっている。

帰宅後、熱いコーヒーを片手に、持ち帰った資料を眺めながら、先程父とした電話での会話を思い出す。

『君がOKしたと聞いて、田丸くん、飛び上がらんばかりに喜んでね。すごい浮かれようだったよ』

父が苦笑い混じりにそう聞かせてくれたが、反応に困るのは変わりがない。

心の中は、まだ消えない初恋が占めているのだから。

『僕が一緒に行かなくて、本当に大丈夫かい？』

正式なお見合いではないので、父に来てもらわなくてもいいと、麗華は同伴を断っていた。

父が一緒なことで相手に気を使ってほしくなかったし、逆に父の教え子だからと自分が気を使いたくもなかったのだ。

相手は、一目惚れをした、と言っていた。

麗華の見た目を好きになったということだ。

それでも、去年からずっと忘れられなかったと言ってくれた人だ。

『武器を身に着けなさい』

そう、桜井が教えてくれてから、自分の容姿を美しく見せる努力をしてきた。その甲斐あって、人から好感を得られる程度にはなっていると思う。

――だけど、中身はあの頃とほとんど変わっていない。

幼い初恋を胸に秘め、それを吐露《とろ》する勇気もないまま、遠くから恋しい人を見つめるだけ。

踏み出す勇気もなく、かといって諦めて他の男性を探す意気地もなくて、気が付けば二十八にもなって処女。

自分の中身は、子どものままなのだ。

――でも、こんな私でもいいと言ってくれるなら、考えてみてもいいのかもしれない。

麗華は、ありのままの自分で、お見合いに臨んでみようと思った。

お見合い相手とは、都内のカフェで会うことになった。

本人同士だけな上、ほとんど初対面の相手と、堅苦しい場所で会うのは気が引けたのだ。

あまり遅い時間でない方がいいと思い、午前中を指定したのは麗華だった。

約束の時間より三十分以上前にカフェに着けば、開店したてだったため待つことなく席に通される。

何気なく周囲を見たが、該当する男性は見当たらなかった。まだ来ていないのだろう。そのことに安堵し、適当にコーヒーを注文した後、化粧室へと向かった。

掃除の行き届いた清潔なトイレの洗面台の前に立ち、鏡の前の自分の姿を確認する。

女性らしさのあるフォルムの、黒のパンツスーツ。フリルの付いた白いシャツ。

きっかり八センチヒールの、黒いパンプス。

耳にはひと粒ダイヤのピアス。

ナチュラルだけど、丁寧なメイク。

シンプルでエレガントさもある、このスタイルが、仕事と初恋を追いかけたことで創り上げた、今の自分だ。

お見合いの席に仕事着などおかしいのは分かっているが、それでもあえてこの姿で挑みたかった。

そこまで思って、ハタと気付いた。

――挑む、だなんて。

まるで今から戦いにでも行くみたいだ。

お見合い相手に会うことは自分にとっては戦いなのだろうかと自問したものの、答えは出て来ない。

ドアの外でもう一度深呼吸をして、席へと戻った。見合い相手の姿はまだ見えない。

やがて運ばれてきたコーヒーの湯気をなんとはなしに見つめていると、不意に視界が陰った。

顔を上げると、すぐ傍で整った顔だちの男性が微笑んでいた。

背は高いがひょろりとしていて威圧感はない。ジャケットとパンツというカジュアルな恰好が余計にそう見せているのだろうか。

すっと鼻筋が通っていて、目が大きく、目尻がちょっと下がっているのが甘い印象を与えている。

少し癖のある前髪は頬にかかるくらい長く、お洒落《しゃれ》ではあるが、営業職の男性達の短い髪を見慣れた麗華には若干違和感があった。

「こんにちは」

挨拶をされ、麗華は慌てて席を立った。

「あ、こんにちは。……あの、田丸さん、ですか？」

やはり緊張していたせいか、たどたどしくなってしまった質問に、男性はゆっくりと頷いた。

「はい。田丸正樹《まさき》と言います。麗華さん、とお呼びしても？」

「あ、はい」

柔らかく小首を傾げられて、麗華はコクリと首肯した。

ほぼ初対面の男性に下の名前を呼ばれることに僅《わず》かな抵抗はあったが、彼は父の教え子だ。同じ藤井では区別を付けにくいだろうから、まあいいかと内心で独り言《ご》ちる。

麗華からの許可に、田丸はくしゃりと破顔した。その笑顔がひどく無邪気で、麗華は思わず表情を緩《ゆる》める。

男性を可愛いと感じるのは失礼だろうか。

だが、その雰囲気のおかげで麗華の緊張が解《ほぐ》れていく。

「どうぞ、お座りになってください」

麗華は幾分《いくぶん》穏やかな気持ちで席を勧める。

田丸は「ありがとうございます」と律儀に礼を言って、麗華の向かいに座った。

「改めて、今日はありがとうございます。会うことをＯＫしてもらって、本当に嬉しかったです」

ペコリ、という音が付きそうな会釈《えしゃく》をして、田丸が言った。動きがコミカルな人だな、と微笑ましく思いながら、麗華は首を横に振る。

「いえ、こちらこそ、私なんかにお声をかけていただいて、申し訳ないくらいです」

社交辞令のつもりで返した言葉に、田丸が目を丸くした。

「私なんかって！　麗華さんのような人に声をかけた僕の方がおこがましいのに！」

「おこがましいって……」

大袈裟《おおげさ》な言い回しをする人だなと、つい噴き出してしまう。

くすくすと笑う麗華に、田丸も目を細めた。

こちらを見つめるその眼差しがなんだか幸せそうで、「あの？」と声をかけて首を傾げれば、田丸が慌てて居住まいを正した。

「あ、すみません。きれいだなってつい見惚れてしまって」

「見惚れて……」

そんなことを面と向かって言われたのは、さすがに初めてだ。

田丸の直球なコミュニケーションに驚きポカンとした後、苦笑いで答える。

「きれい……ではないんですよ。全部お化粧です。私、素顔は男の人みたいなんです」

麗華のメイクは武装だ。女性らしさを補い、『お姫様』に見せかけるために、後から習得した技でしかない。

武装を解いてしまえば、そこにいるのは『王子様』にもなり切れない中途半端な自分だけだ。

思わず零《こぼ》れた自嘲に、けれど田丸はさらりと返した。

「じゃあ、今度はその男の人みたいな素顔を見てみたいです」

「えっ……」

深読みすると意味深な台詞《せりふ》に、呆気に取られて顔を上げれば、田丸は涼やかな笑みを浮かべていた。

「僕はあなたに一目惚れをしましたけど、でも一目だけってわけじゃないんです」

「えっと……」

言っている意味が分からず眉を下げると、田丸は、ふ、と笑った。

「藤井教授からよくあなたの話を聞いていました。あなたの話をする教授はいつだって嬉しそうで、自慢げで、幸せそうだ。最初は素敵な娘さんだなと思っていて、それから会ったこともないあなたの笑顔を想像した。あなたが出世した時には自分のことのように嬉しくなったし、風邪を引いたと聞けば心配になった。僕の心の片隅に、いつの間にかあなたは存在していて、いつか会ってみたいと思うようになりました。そして、教授が入院した時に実際にお会いして……忘れられなくなった。だから、一目だけじゃないんです」

多分、田丸は父のことをとても尊敬しているのだろう。

話しぶりからそれが窺《うかが》えて、麗華は微笑んだ。

自分の身内に対する好意は純粋に嬉しいものだ。

きっと麗華の魅力よりも、父への畏敬《いけい》の念や憧れの方が強いのだろう。

「あの、田丸さん。父の言うことは親の欲目が大いに入っていると思いますし、もう離れて暮らす大人ですから、父の知らない私もあります。だから、田丸さんの思い描いている私と、実際の私とはかなり違うと思うんです」

そう言いながら、麗華は自分が無意識に、このお見合いを断る方向へ持って行こうとしていることに気が付いた。

桜井を忘れるための第一歩を踏み出すために、ここに来たはずだ。

田丸は優男《やさおとこ》ではあるがイケメンだし、柔らかい喋《しゃべ》り方や丁寧な所作にも好感が持てる。将来も父のお墨付きで、何より麗華を好いていてくれる。申し分ない相手だ。

――それなのに。

申し分のない男性を前に、今頭に浮かぶのが桜井の笑顔なのは、どうしてなんだろう。

手が届かない人だと分かっているのに。

「どう違うんですか？」

物思いに耽《ふけ》りかけた麗華を引き戻したのは、田丸の声だった。

田丸はにこやかではあるが、少し目を細めてこちらを見ている。

「……私は、あまり女性らしくないので」

「そうですか？　僕にはあなたは女性以外の何者にも見えませんが」

「それは、一応そういう恰好を心がけていますから。メイクも服装も取ってしまえば、私に女性らしい魅力はないんです」

反論され、麗華は少しむきになって言い募ってしまった。

沈黙が下りて、しまったと思ったが、もう遅い。

気まずさにテーブルの上のコーヒーに視線を落とす。

コーヒーの湯気がくゆるのが、ひどくゆっくりに感じられた。

「断ろうとしてますか？」

沈黙を破ったのは、困ったような田丸の声だ。

ぎくりとして顔を上げれば、端整な顔を苦笑に歪ませていた。

「あ、いえ、そんな……」

図星を指され、狼狽《ろうばい》する麗華を、田丸は真っ直ぐに射るように見つめた。

「麗華さんが、お父さんの顔を立てて今日会ってくれたことは分かっています。でももし断る理由が、さっきのように『僕が本当の麗華さんを見ていないから』だと言うのなら、その前に、僕にあなたを知る機会をください。そして、できれば麗華さんにも僕を知ってほしい。僕らは、ほとんど初対面みたいなものなんですから」

「あ……」

田丸の言葉に、麗華は自分が物事の表面をあげつらって、彼に断りを入れようとしていたのだと気付き、かっと頬を赤らめる。自分がぶつけた拙《つたな》い屁理屈が恥ずかしかった。

しょんぼりと肩を下げた麗華に、田丸は気を取り直したように笑った。

「正直な話をすれば、僕はあなたにこうあってほしいと今の段階では全く求めてないんです。そう思うほどあなたをまだ知りませんから。あなたは僕が思い描いているあなた、と言いましたが、僕もあなたがどんな人か分かっているとは思っていませんし、そもそも他人を完璧に分かるなんてことは神でもない限り不可能だ。だってホラ、僕らは自分自身のことでさえ、百パーセント理解できていないんですから」

そう言って、田丸はおどけたように肩を竦《すく》める。彼が空気を変えてくれようとしているのを感じ、麗華はホッとして笑った。

「確かに」

「あ、認めましたね。じゃあ、知り合う期間を設《もう》けてもらう案は成立ってことでＯＫですか？」

「……抜かりないですね！」

すかさず自分の持って行きたい方向に舵《かじ》を取ろうとする田丸の姿勢に、麗華は舌を巻いて感嘆の声を上げる。頭のいい男だ。

指摘された田丸は、ニヤリと口の端を上げた。

「ディベートは得意なんです。相互理解には沈黙よりも雄弁を採る主義でして」

「なるほど。金よりも銀ですか」

「麗華さんは金のタイプですか？」

「今までその二者択一を考えたことはなかったですね。ただ、私の仕事は営業ですから、仕事においては田丸さんと同意見です」

軽妙なやり取りに小気味よさを感じながら応じれば、田丸は腕組みをして「ふむ」と頷いた。

「これで我々の共通点がひとつ発見できました」

田丸の研究者らしいコメントの後、ウェイターが注文を取りに来た。

田丸は麗華と同じものを注文すると、ウェイターが去るのを待ってから、軽く頭を下げて言った。

「すみません、初対面からこんなに矢継《やつ》ぎ早《ばや》に。ただ、僕にはあまり時間がないので」

「時間が？」

「はい。院を卒業後、渡米が決まっているので、こちらにいられるのはあと半年くらいかな」

「ああ、アメリカの大学に移られると言ってましたね」

麗華はしみじみと言った。卒業後アメリカの大学に籍を置けるなんて、相当優秀な人だろうと思っていたが、先程の会話でそれを実感した。

「そうなんです。だから、これは僕にとって、恋を成就させる最後のチャンスなんです。麗華さんには申し訳ないが、しぶとくいかせていただきます」

挑むように言われて、麗華は目を瞬《またた》かせるしかなかった。


その日の夜、父からすぐに電話があった。

『いい感じだったみたいだね』

あまり感情の起伏のない父にしては明るい声色に、麗華は苦笑いをした。

「いい感じかどうかは分からないけど。まぁ……面白い人だったわ。とても頭がいいのね。会話してて、楽しかった」

『それは重畳《ちょうじょう》。優秀なことは保証するよ。身持ちが堅いこともね』

冗談めかして明かされた事実に、麗華は意外に思って首を傾げた。あれだけ相手を楽しませるコミュニケーション能力がある男なので、女性関係もそれなりにありそうだと思っていたからだ。

麗華の周囲の営業の男は社交術に長《た》けているせいか、女性関係がわりと派手な者が多いのだ。

「身持ち、堅いんだ？」

『研究一筋という感じだよ。あまり異性が多い職場でもないしね。まあ、あの見た目と優秀さだから、女性からモテるみたいではあるけれど』

田丸が女性からモテると聞いても、そうなんだ、としか思えない。

桜井に対しては、中林が想いを寄せていると思うだけで胸がモヤモヤしたというのに。

——いつか、田丸さんを好きになれるのかしら。

桜井を忘れるためには、誰か他の男性を好きになれた方がいい。

現段階で、そうなる可能性が一番あるのは田丸だろう。

会ってみて、好印象を抱くことができたのだから、きっと好きにもなれるはずだ。

いっそ、アメリカに付いて行ってしまえばいいのかもしれない。物理的に桜井に会えなくなれば、諦めもつくだろう。

『とにかく、君が気に入ってくれて、お父さんも嬉しいよ』

父がはしゃいだ声を上げたので、麗華は「気に入ったわけじゃない」という言葉を呑み込んだ。

一度口にしてしまえば、きっと本音が際限なく流れ出てしまうから。

「この人は桜井さんじゃないから」と。

——私は、自分のしつこい初恋を終わらせるために、田丸さんを利用しようとしている。

父との会話を終えて電話を切り、そのままスマホを握り締めた。

ふと、昔読んだエッセイ本に、『男の傷は、男で癒《いや》せ』というくだりがあったのを思い出す。

壮年の女流作家が恋にまつわるあれこれを軽妙に書き綴《つづ》ったものだ。

その時は読み流した言葉を、今免罪符《めんざいふ》にしようとする自分の狡《ずる》さに、麗華は苦笑して、スマホをベッドの上に投げたのだった。

7

月曜日。例の土地開発案のコンペの結果が発表される。

企画に不慣れな営業部の人間を慮《おもんぱか》り、桜井はプレゼンはさせず、企画書の提出のみに留《とど》めた。その中から優秀なものを、桜井と課長である奥村が審査して選んだらしい。

「正直、ここまで完成度の高い案が上がるとは思っていなかったんだが……」

マイクを握る奥村が驚きの表情で資料を見ているのを、麗華は硬い表情で眺めた。

今プロジェクターに映し出されている企画が誰のものかは分からないが、自分のものでないことは分かる。

「土地の周辺環境、人口、交通の便等、よく調べ上げられている上に、実に斬新なアイデアが盛り込まれていた。何より、この企画書で私は興奮した！　こんなものを作れたらどんなに楽しいだろうと思わせてくれる案だったよ！」

　奥村の言葉通りだ。

　画期的アイデアでありながら、土地に関する情報を丹念に調べ、それに基づいた分析がされた企画だ。

　麗華は自分の出した企画に自信があった。

　この企画と同じくらい下調べと分析をして作ったつもりだ。

　だが、これまでの実績を基に、過去に倣《なら》う内容であったことは否めない。

　自分のアイデアにこれのような斬新さはなかったと、素直に納得できた。

　——こんなすごい企画、一体誰が作ったの……？

　麗華は心の中で感嘆の声を上げながら、奥村が発案者を発表するのを待った。

　そして、挙げられた名前に、息を呑んだ。

「おめでとう、中林くん！　非常に素晴らしい企画書だった！」

　ワッと歓声が上がり、拍手が湧き起こった。

　自分の隣に立っていた中林が、小さな身体を強張らせて、あわあわとお辞儀をしている。

これまで培《つちか》ってきた慣習から、自分も合わせて拍手をしながらも、麗華は茫然とその光景を見ていた。

中林が、笑顔の桜井に労《ねぎら》われている。

――依子ちゃんが、この企画を作ったの……？

まさか、と思って、カッと赤面した。そんな風に思う自分が、恥ずかしかったのだ。

中林は不慣れで不器用だが、いつだって一生懸命だった。

覚えたての仕事に四苦八苦しながらも、できるだけ迷惑にならないようにと、目一杯周囲に気を使っていた。

自分はそんな彼女の努力を認めつつも、その能力を過小評価していたのだ。

営業の仕事でまごついてはいても、土地開発事業に関する知識が豊かで、情報を分析して発案する能力に長《た》けているのは、この企画書を見れば一目瞭然《いちもくりょうぜん》だ。

今回のコンペの結果で明らかなように、その能力は自分よりも上。

――もしかしたら、桜井さんは最初から依子ちゃんのこの能力を買って、ウチへ異動させたのかも……

桜井ならありそうな話だ。

それなのに、無意識とはいえ自分は、中林を侮《あなど》って下に見ていた。

桜井に「あなたになら任せられる」と言われ、中林の教育係に任命されたというのに。

麗華の言動の端々から、桜井はそれに気付いたのかもしれない。

だからこそ、コンペに、中林と麗華を名指したのだ。

——最低だ、私……

「藤井くんの企画書も、良かったですよ」

声をかけられ、麗華はハッと物思いから返った。

桜井が穏やかな微笑を浮かべてこちらを見ていた。その微笑が少し心配げに見えるのは、自分の被害妄想だろうか。

続けて桜井が何か言ってくれているが、耳に入ってこない。普段通りの笑みを浮かべることで精一杯だった。

「——はい。ありがとうございます、部長」

できるだけ柔らかい声を出そうと努力して答えながら、ぎゅっと拳《こぶし》を握った。

零《こぼ》れ落ちて行かないようにしたいのは、自分の矜持《きょうじ》なのか、桜井からの信頼なのか。

握った掌《てのひら》に刺さる自分の爪の痛みが、惨《みじ》めだった。

その場にいられず、ひとまず別の場所に逃げようと営業部を出た麗華は、エレベーターに乗り込もうとしたところで、肩を掴まれた。

神経が尖《とが》っていたせいだろうか。反射的に合気道でその手首を捻《ひね》り上げようと掴んだ時、バリトンボイスが鼓膜を揺らした。

「藤井さん！」

驚いた顔でこちらを見下ろしているのは、桜井だった。

「ぶ、部長……！」

バク、と心臓が音を立てて、桜井の手首を掴んでいた手を慌てて放す。

だが桜井は、麗華の手を素早く掴み返し、ぐっと顔を覗き込んできた。秀麗な顔が突然間近に迫って来たことに、麗華はパニックに陥《おちい》る。

「あ、あ、あの……!?」

桜井はいつもの柔和《にゅうわ》な笑みを引っ込め、僅《わず》かに眉間に皺《しわ》を寄せていた。

「大丈夫か？」

その一言に、混乱していた麗華の脳が、スッと冷める。

――ああ、やっぱり、ガッカリされてしまったんだ。

桜井に期待されていたのに、応えられなかった。それなのに、後輩である中林に抜かれた麗華を心配までしてくれているのだ。

期待を裏切り、悔しい。苦しい。

それでも、こうして自分を心配して追いかけてくれる桜井に、嬉しいと思ってしまう。

そんな自分の浅ましさに、情けなくなる。

――ああ、やっぱり、桜井部長が好きだ。

田丸に逃げたいと思っても、きっと逃げ切れない。こんなにも、些細《ささい》な桜井の言動ひとつに引き戻される自分の心が、他の男性を選ぶはずがないのだから。

袋小路に入ってしまった気がして、麗華は泣きたくなった。

その気持ちを封じ込めようと、無理矢理に笑顔を作る。

「……ありがとうございます。大丈夫です。今回は、ご期待に添えず、本当に申し訳ありませんでした……！」

ペコリ、とお辞儀をすれば、桜井は麗華の肩を掴んで顔を上げさせた。

「違う。そんなことを謝る必要なんかないんだ。私が……俺が言いたいのは……」

桜井がそこまで言いかけた時、背後で奥村の呼ぶ声がした。

「部長！　内線にお電話です！　向坂常務からです！」

ち、と桜井が舌打ちをする。

「待て――」

「行ってください、部長。ご心配おかけしてすみませんでした」

そう言って麗華はエレベーターの中に入り込む。

桜井は一瞬麗華の顔を見て、それから「また後で話そう」と小さく言って、身を翻《ひるがえ》す。

桜井の気配が自分から遠ざかるのを感じながら、麗華はエレベーターの閉ボタンを押した。

閉まりゆくドアの向こうに、桜井の姿はもうなかった。

＊＊＊

「なんだか元気がないね。少し、痩せたみたいだ」

ワインで乾杯をした後、田丸に指摘され、麗華は眉を下げて苦笑を返した。

仕事中に田丸から夕食を誘うメールが入ったので、夜に会うことになったのだ。

田丸とは、あれから数回デートを重ねている。最初の印象通り楽しい男性で、会話に困らないし、一緒にいて苦にならない。回を重ねて打ち解けていき、互いに敬語も使わなくなっていた。

今日連れて来られたのは、小ぢんまりとしていて可愛らしい、ロッジのようなフランス料理店だった。

麗華は赤ワインを一口含み、こくりと嚥下《えんか》してから目を伏せて答える。

「ちょっと、仕事が忙しくて」

コンペに落ちたけれど、麗華の仕事量は変わらないし、重役会議が続いているので、会社の上層部がバタバタしている。

桜井がデスクにいないことが増え、必然的にその仕事のいくつかが奥村へと下がるため、奥村の仕事を麗華達数名の主任が引き受けていた。上から振られる仕事量が増えているため、毎日こなすのに必死の状態だ。

だが元気がない理由がそれだけではないのは、自分でも分かっている。

後輩である中林にコンペで完敗したこと。

そして、それがきっかけで、桜井からの信頼を失ってしまったかもしれないという自分への情けなさから、ずっと落ち込んでいた。

「ああ、そう言えば最近残業が多いって言ってたね。大企業は大変だな。そんなにハードなの？」

「ハードだけど、やり甲斐はあるから」

「そっか。そうやって頑張ってるあなたもハンサムだよね」

田丸が衒《てら》いなく言った言葉に、麗華は噴き出してしまった。

「ハンサムって！」

「え？　だって、カッコイイよね。麗華さん」

「でも、普通その言葉、女性に使う？　本当に、田丸くんって天然だよね」

きょとんとする田丸の顔にまた笑いを誘われる。

田丸と過ごす時間は楽しい。

こんな風に過ごせる相手とならば、うまく行くのかもしれない。

そう思うけれど、それが逃げだと、自分でも分かっている。

情けない自分自身から、そして、諦めきれない桜井への恋心からの。

こんな中途半端な状態で、誰かからの好意を受け取るのはよくないと思う。

そんな資格は、自分にはない。だから、いつまでもこのままではいけないはずだ。

――今日こそ田丸くんに、ハッキリと断らなくちゃ。

いつ切り出そうかと様子を見つつ、田丸との楽しい会話につい言いそびれてしまう。

自分はこんなに流されやすい性格だっただろうかと、込み上げる自嘲をワインで呑み下していると、不意に田丸が笑いを引っ込めた。

どうしたのだろうと首を傾げれば、真剣な眼差しとぶつかった。

「麗華さん。まだ早いし、自分が焦ってることは重々承知しているんだ。でも、やっぱり言いたい。僕と、結婚を前提にお付き合いしてもらえますか？」

「あ……」

結婚、の二文字に、麗華は目を泳がせた。

田丸が何を求めて自分と会っているのか、ちゃんと分かっていたはずなのに、いざこうして突き付けられると狼狽《ろうばい》してしまう。

――でも、これ以上、誤魔化せない……

田丸は麗華と真摯《しんし》に向き合って、結婚を申し込んでくれている。

だったら、自分も誠実であるべきだ。麗華は顔を上げて、しっかりと田丸を見た。

「私には、ずっと好きな人がいるんです」

麗華の言葉に、田丸が目を見開く。彼を傷つけたことを知って胸が苦しくなるが、言わなくてはならない。

「でもその人は私の手の届かない人で、忘れなくちゃいけなくて……。田丸くんと会ったのは、もしかしたら、誰か他の人を好きになれるかもって期待したからで」

「じゃあ、僕を好きになれた？」

麗華の言葉に重ねるようにして、田丸が言った。

麗華は一瞬詰まったものの、おもむろに首を縦に振る。

「田丸くんのことは、好きだと思う。一緒にいて楽しいし、ホッとするから。でもそれが恋かと訊《き》かれたら……多分、違う」

言いながら目線を下げた麗華に、田丸は小さく息を吐く。

「そっか」

「ごめんなさい」

謝りながら、じんわりと眦《まなじり》が熱くなった。

結果として田丸を傷つけたことが哀しく、情けなかった。

麗華がこれまでずるずると田丸と会っていたのは、彼と一緒にいる時間が、癒《いや》しだったのだと今になって気付く。

田丸はいつだって麗華に優しく、楽しませてくれようとしていた。

そこまでしてくれたのに、と思うと、申し訳なかった。

だが――

「他の男を好きでもいいよ」

「えっ？」

麗華はビックリして勢いよく顔を上げた。

すると、田丸は飄々《ひょうひょう》とした様子で肩を竦《すく》める。

「だって、こんなきれいな人なんだから、親に内緒で付き合っている男くらいはいそうだなって元々思ってたし。もしいても、奪うくらいの覚悟でいたんだ。そうじゃなきゃ、恩師にお嬢さんを紹介してなんて、暴言まがいのこと言えないでしょ」

「暴言って……」

呆気に取られる麗華に、田丸は屈託なく笑った。

「言ったでしょ。しぶとくいかせてもらうって。いつか僕を愛してくれればそれでいい。僕と結婚したら、今の仕事は辞めてもらってアメリカに行くことになるけど、向こうにだってあなたのやりたい仕事はたくさんある。あなたのそのスキルを生かしてね。考えてみてよ」

「えっと……」

「ダメ？」

矢継《やつ》ぎ早《ばや》に畳み掛けられ、しどろもどろになる麗華に、田丸が上目遣いに訊《き》く。

その顔が、尻尾を下げてこちらを哀願の目を向ける仔犬のように見えて、麗華は思わず首を横に振ってしまった。

「い、いや、ダメっていうか……」

「ダメじゃないんだね！　よし、言質《げんち》取ったからね。今から僕ら、婚約者ってことで！」

「え!?　ちょっと、横暴だわ！」

「はっはっは！　しぶとくいくって言ったでしょ！」

「無効！　無効ですから！」

ちぇー、と唇を尖《とが》らせる田丸に、麗華は目を吊り上げる。

――しぶといだけじゃなく、油断も隙もない！

自分の見合い相手が強《したた》かな上、なかなか面倒な男性だったと分かり、麗華は大きな溜息を吐いたのだった。

＊＊＊

次の日、外回りに出ようとエレベーターを降りた時、受付嬢が慌ててこちらに駆け寄って来た。

「麗華さん、ちょっと、こっちに」と小声で言われて、エントランスから見えない奥へと引っ張られる。何事かと首を傾げれば、難しい顔をした受付嬢が内緒話をするように小声で言った。

「あの、麗華さんの婚約者だっていう方がいらしてるんですが……」

「……………」

頭を抱えたくなった。思い当たる人物は一人しかいない。

――会社まで押しかけるとは、なんたる非常識……

さすがに叱り飛ばさねばと拳《こぶし》を握ったものの、目の前の可愛らしいお嬢さん相手に怒りを発散するわけにはいかない。

「分かりました。すぐに行きます」

にっこりと笑って応じれば、彼女は青い顔をして麗華の手を握ってきた。

「あの、大丈夫ですか？　もしストーカーとかだったら、警備員さんに言って追い払ってもらいますよ！」

ストーカーと言われて、あ、と麗華は得心がいった。

突然会社に社員の『婚約者』を名乗る人物が現れれば、不審者の烙印を捺《お》されて当たり前だろう。

彼女は田丸を危険人物と見なし、麗華を守ろうとしてくれていたのだ。

小動物のようなこの子が自分を守ってくれたことに、胸がきゅんと高鳴った。

「あなたみたいな可愛らしい人が、私を守ろうとしてくれたの？　優しいのね、ありがとう。でも大丈夫。多分、それは知り合いだから」

ぎゅっと手を握り返して礼を言うと、受付嬢が頬を赤らめてポーッとなる。

彼女にもう一度礼を言ってエントランスに向かえば、案の定、田丸が立っていた。

「あ、麗華さん。こんにちは」

「……こんにちは、田丸さん。ここではなんですから、出ましょうか」

のほほんとした顔で挨拶してくる田丸に、絶対零度の笑顔で答える。

かつてセクハラをかましてきた相手先を凍り付かせた笑顔だが、田丸にはどこ吹く風のようだ。

苛立ちを笑顔で抑え込み、麗華は足早に会社から出た。

近くにあるコーヒーショップに入り、早速田丸に説教をする。

「田丸くん！　いくらなんでも会社に来るなんて、非常識だわ！」

「だって、麗華さんメールに気付かないし。教授から、僕の方が麗華さんと会う機会が多いだろうから、渡しておいてくれって頼まれた物があって」

「え、メールをくれたの？」

驚いてスマホを確認すれば、確かに田丸からメールが数回入っていた。

開いてみれば、父から預かった物を届けに行くから、連絡をくれという内容だった。

「ごめんなさい。気付かなかった。それにしても、急用だったの？」

「いや、この近くに用事があったから、ついでなんだけど。僕、今日の午後から数日、教授と一緒に名古屋で研究会に出席するので、午前中じゃないと時間がなかったんだ。帰って来てからだと週末になるし、預かっちゃったから、念のため早い方がいいと思って。あ、はい、これ」

言いながら、田丸は封書を手渡してきた。

それは母校である高校からの封筒だった。

麗華は同窓会の事務局に住所が変更したことを届けていなかったため、実家に届いたのだろう。

「そうだったの……」

事情を知らず怒ったことを謝りかけて――イヤ、わざわざ婚約者だと名乗る理由はないと思い直す。

「持って来てくれたのはありがたいけど、それにしたって、婚約者だなんて！」

麗華が再び説教モードに入れば、田丸はニヤリを口の端を上げてコーヒーを啜《すす》った。

「一応、牽制にね」

「は？　牽制って」

意味が分からず眉を顰《ひそ》めると、田丸は顎《あご》を上げる。

「あなたの好きな男って、会社の人間でしょう？」

「なっ、なんで、それを……!?」

図星を指されて動揺すれば、田丸はスッと目を眇《すが》めた。

「簡単な推理だよ。あなたは仕事人間で、合気道以外ほとんど趣味がないって教授が言ってた。なら、出会うとすれば会社の可能性が高い。まあ、取引先も考えられるけど」

妥当な推理だな、と納得しつつも、田丸の暴挙を許す気にはなれない。

「でも、だからって――」

「うん、非常識だったよね。ごめんね。でも僕だって、このまま何もしないで、あなたに振られるのを待つわけにいかないんだ」

田丸の言い訳に、麗華は思わず絶句してしまった。

関係をこれ以上進めるつもりがないことを、田丸に気取られていたと知って、さすがに居《い》た堪《たま》れなくなったからだ。

黙り込んだ麗華に、田丸はクスリと鼻を鳴らした。

「本当、麗華さんって優しいよね。そういうところも好きだよ。小さい時、捨て猫とか拾って来ちゃうタイプだったでしょう？」

またもや言い当てられ、とうとう頭痛を覚えた麗華は額《ひたい》に手をやった。

小学生の時に拾ってきた仔猫は、父によって古風にもタマと名付けられ、今や御年十六歳。未だボス顔をして実家を闊歩《かっぽ》している。

「っ、あのねぇ」

「さて、もう行かなきゃ。名古屋のおみやげ、楽しみにしてて」

まだ文句を言い足りない麗華に、爽《さわ》やかに手を振って田丸は去って行った。

すっかり田丸のペースに巻き込まれてしまったと、麗華はイライラとモヤモヤを抱えて会社に戻る。

大きな溜息を吐きながらエントランスに入ったところで、いきなり名前を呼ばれた。

「藤井さん！」

ハッとして顔を上げれば、こちらに向かって小走りで駆けてくる中林の姿があった。

慌てて笑顔を取り繕《つくろ》って応える。

「依子ちゃん。どうしたの？」

「婚約者がいるって本当ですか⁉」

真正面から切り込むように訊《たず》ねられて、クラリと眩暈《めまい》がしそうだった。

中林を見遣れば、涙目でこちらを睨んでいる。

——私が、何をしたっていうの。

——華奢《きゃしゃ》で可愛らしくて、健気で、誰もが手を差し伸べたくなる『お姫様』のような女の子。

——みんながあなたを愛するでしょう。守りたがるでしょう。

——それなのに、桜井さんの信頼まで勝ち取って。

——何もかも持っているくせに、『信頼できる部下』という、私の立ち位置まで、どうして奪おうとするの。

どろどろとした醜《みにく》い嫉妬が、次から次へと溢れてくる。

「本当よ。それがあなたに関係ある？」

売り言葉に買い言葉だと分かっていた。それでも、まるで裏切られたと言わんばかりの顔をする中林に、無性に腹が立つ。

だが、それらが口から出てしまわないように、麗華は必死に唇を引き結ぶ。

ひどく攻撃的な気持ちになって、顔から笑みが消えたが、作り笑いをする気にもなれない。

表向きには無表情を保つことができた麗華に、中林がくしゃりと顔を歪めた。

「桜井部長が好きなんじゃないんですか⁉」

度肝を抜く発言を大声でされて、麗華は無表情のままその場に凍り付いた。

中林は今にも零《こぼ》れ落ちそうなほど目に涙を湛《たた》え、クルリと踵《きびす》を返して駆け出してしまった。

残された麗華は、しばらく抜け殻のようにその場に佇《たたず》んだ。

ダラダラと冷や汗が背中を伝う。先程あれほど心を苛《さいな》んだ嫉妬心はきれいに消えて、今は狼狽《ろうばい》と焦りとが麗華を支配していた。

――バ、バレていた……！　桜井さんが好きって、依子ちゃんにバレていた……！

どこでバレていたのだろうか。やはり桜井に対してのみ、赤面してしまうからだろうか。いやいや、そこはやはり桜井を好きな者同士、ライバルは敏感に嗅《か》ぎ取ってしまうものなのかもしれない。麗華はグルグルと埒《らち》もない思考を巡らせていたが、ここに至ってもなお、自分の恋慕が周囲にダダ漏れだと、全く気が付いていないのだった。

この日、幸か不幸か麗華は中林と接触することはなかった。

あの後麗華が外回りに出て、帰社した午後には、中林は桜井と一緒にプロジェクト関係の仕事で社外へ出てしまっていたからだ。

どうやら田丸の爆弾発言がすでに伝わったようで、社内のあちこちで興味津々《しんしん》な目を向けられ、麗華はぐったりとする。

周囲の視線が気になり仕事もはかどらず、気が付けば二十時を回っていた。

終業時刻でエントランスは閉まってしまうので、従業員専用の裏口の方へ向かう。

出口付近に配置されたカードリーダーにＩＤカードを翳《かざ》した時、背後から人の気配がした。同じ残業組だと思い脇に避けると、低い声がかかった。

「藤井さん、お疲れ様」

艶《つや》やかなバリトンボイス。

弾かれたように顔を上げて振り返れば、トレンチコートを着た桜井が立っていた。走って来たのだろうか。普段はきっちりと撫でつけられている髪が、珍しく少し乱れている。

「さ、桜井部長……」

この人を前にしてドモってしまうのはいつものことだが、今日はそれ以上に動揺してしまっていた。

「お疲れ様です……。驚きました。部長はそのまま直帰なさったかと思っていたので」

桜井の今日の予定を思い出しながら言えば、桜井は麗華を見つめたままニコリと笑った。

「戻って来たんだよ。あなたに用があったので」

「……え……」

笑っているはずの桜井の目に妙な迫力があって、麗華は思わず後退《あとじ》さる。

——直帰せずに、わざわざ引き返してまでの用って、一体何？

何かしでかしてしまっただろうか、と懸命に頭を巡らせるが、思い当たることはない。

一歩後ろに下がった麗華の腕を、桜井の大きな手が掴んだ。

転ばないように支えてくれたのかと思ったが、それにしてはずいぶんと力が籠もっているし、掴んだまま離そうとしない。

「あの、桜井部長、手を……」

桜井に腕を掴まれたままの状況に、自然と身体が熱くなってしまう。

折角《せっかく》桜井を忘れようとしているのに、また元の木阿弥《もくあみ》になってしまうのが怖い。

だが桜井は麗華の懇願をサラリと無視した。

「戻ってみればあなたは残業をしているようだったので、邪魔をしたくなくて待っていたんだ。だがコーヒーを飲もうと給湯室に行った間に、もういなくなっていて、焦って追いかけてきたんだよ。間に合ってよかった」

「え、あ、あの……」

何も待っていなくても、声をかけてくれればよかったのに。そう言おうとしたが、桜井が麗華の腕を掴んだまま歩き出してしまったので、叶わなかった。

「まったく、あなたはちょっと目を離した隙に逃げてしまう」

「えっと、それは、どういう……？」

「やっと捕まえたんだ。今日こそ、付き合ってもらうよ」

言い捨てるように宣言され、連れて行かれたのは地下駐車場。そこに一台だけ残っていたシルバーの国産車の助手席に押し込められる。

桜井は麗華が逃げるとでも思っているのか、自ら麗華のシートベルトを着けてやり、ドアをきっちりと締める。そして素早い動きで運転席に乗り込んだ。

麗華はと言えば、桜井に密着に近い形で接近され、ドキドキする心臓を宥《なだ》めるのに忙しく、逃げる余裕など全くない。

「ど、どこに行くんですか？」

「どこでもいい。あなたと話ができる場所ならね」

麗華の質問に淡々と答え、桜井は車を発進させた。

エンジン音のほとんどないハイブリッド車が、滑るように進んでいく。

ハンドルを握る桜井の横顔にいつもの穏やかな笑みは見られず、麗華は続く言葉を探し出せない。

桜井は、自分と話をしたいと言っている。

――何の話だろう。

会社では言えないことだろうか。

でなければ、いくら麗華が避けていても、上司である桜井であればいつでもその機会は設《もう》けられたはずだ。

「本当は、あなたの方から来てほしかったんだ」

車が走り出してからしばらく続いていた気まずい沈黙を破ったのは、桜井の方だった。

切り出された内容に、麗華は意味が分からず目を瞬《また》かせる。

──私の、方から？

何のことだろうと内心首を捻《ひね》っていると、その気配を感じたのか、桜井が言葉を足した。

「思い出すまではお預けだと言っただろう？」

「──あ」

忘れていた──いや、わざと記憶に蓋をしていたことを思い出させられて、麗華は息を呑んだ。

桜井とのキス。熱くて、甘美で、蕩《とろ》けてしまいそうな記憶。

忘却は、踏み出す勇気もなく、期待することもできない臆病な自分が、唯一選べた方法だった。

「そ、の……」

あからさまに狼狽《ろうばい》を見せた麗華を横目で確認し、桜井は眉根を寄せる。

いつでも鷹揚《おうよう》な態度を崩さない桜井には珍しい、険しい表情だった。

「もしかして、忘れていた？」

苛立たしげな問いに、麗華はどう答えていいか分からず、ただ首を横に振った。

桜井がふっと自嘲めいた笑みを吐き出す。

「簡単に忘れられるほど、印象に残らないキスだった？」

「ち、ちが……」

なぜか責められているような気がして、麗華は小さな声で否定した。

桜井のキスを本当に忘れたわけじゃない。思い出さないようにしていただけだ。

もしあのキスの意味を桜井に問い質《ただ》して、なんの意味もなかったと言われたら？

もしなかったことにしたいと思われていたら？

そもそも、桜井と自分は上司と部下だ。その関係に妙な感情を持ち込めば、いろんな面で不都合や不安が出てくる——それを桜井が煩《わずら》わしいと思ったとて、なんら不思議はない。

桜井だって人間だ、あのキスは、溜まっていた鬱憤《うっぷん》を晴らしたかっただけなのかもしれない。

たまたまそこにいた麗華にぶつけてしまっただけ、とか、他の人なら腹が立つようなことを言われたとしても、相手が桜井であれば、きっと麗華は納得してしまう。

やがて桜井は、黙ったまま静かにブレーキを踏んだ。

窓の外に目をやった麗華は、桜井がスピードを落として首都高に入ろうとしているのを知る。

「あ、あの、部長」

どこに向かっているのか気になって声を上げれば、桜井の低い声が遮《さえぎ》った。

「部長じゃない。今、俺はあなたの上司として喋《しゃべ》っているつもりはない」

じゃあ今あなたは何者のつもりなんですか！　と、子どものようなツッコミが頭の中に浮かんだが、声に出す勇気など勿論《もちろん》ない。

桜井の一人称が『私』から『俺』に切り替わっているのに気が付いたが、なぜかあまり新鮮味を感じなかったことに、麗華は内心首を捻《ひね》る。

前にもどこかで聞いたことがあったのだろうか。

部長じゃないというなら何と呼べばいいのかと思案して、以前も似たようなやり取りをしたのを思い出した。先日連れて行ってもらった小料理屋だ。

『部長はやめてほしいな、こんなところで』

『あの、では、桜井さん……？』

宝物のような記憶だ。

桜井と二人きり、嬉しくて、楽しくて、夢心地だった。

いつもより桜井を近くに感じられて、ドキドキしていた。

幸せな、片恋の思い出。

――そう。私は、ずっと幸せだったんだ。

桜井に恋をして、幸せだった。彼に憧れて、焦《こ》がれて、目指して、努力して――そんな自分が好きだった。自分を、好きになれた。

だから、それを壊したくなくて、踏み出せなかった。桜井に手を伸ばせなかった。

「……桜井さん」

名前を呼べば、口から想いが零《こぼ》れ落ちるようだ。

それが恥ずかしくて情けなくて、麗華は唇を噛む。

――好き。桜井さんが、今でも、こんなにも。

だけど桜井が結婚してしまえば、もう完全に手が届かなくなる。もしかしたらと期待し、夢想することすら苦しくなって、恋をしていることが苦しみに変わってしまう。

そんなことには耐えられない。幸せなものだけで創り上げられていたこの恋を、苦しいものになど変えたくない。きれいなままにしておきたいのだ。

――だから、終わりにするしかないんだ。

麗華はごくりと唾を呑んだ。

「桜井さん、あの時のことは……本当に、申し訳なかったです」

桜井にされたキスの理由を、もう知りたいとは思わなかった。

知ってしまえば、きっとこの恋の何かを変えなくてはならない。変えるのは、やはり怖い。

麗華の言葉に、桜井が眉根を寄せたのが分かった。

「あの夜のことを、もうすでに思い出していたのか？」

「い、いいえ、そうではないのですが……でも、迷惑をおかけしたことには変わりないですし」

「俺が訊《き》きたいのはそんなことじゃない」

桜井が不愉快そうに指摘する。

喜怒哀楽の『怒』と『哀』を滅多に見せない桜井の感情的な声色に、麗華はビクリと身を震わせる。桜井の怒りが怖かったのではない。自分の想いを暴かれる予感に、恐怖していた。

「いつまではぐらかすつもりだ」

苛立たしげな口調で詰問《きつもん》し、桜井は真っ直ぐに進行方向を睨みつけた。麗華はもう桜井を見ていられず、視線を彷徨《さまよ》わせるようにして外を見る。

いつの間にか車は首都高を降りていた。右手に大きな観覧車と、大型レジャー施設の灯りが見える。賑やかな明るい光が、じわりと浮かんだ涙で滲《にじ》んだ。

どこに行くのか、ともう一度同じ質問をする気にもなれず、麗華は黙ったままその景色を眺める。

桜井はある海浜公園の駐車場に入ると、エンジンを切った。

不意に訪れる無言の静けさに居《い》た堪《たま》れず麗華が身動《みじろ》ぎをした横で、桜井はカチリと自分のシートベルトを外した。

その音を聞いて、外に出るのだろうかと隣へ目を向けた麗華の脇に、とん、と大きな手が置かれた。

「え……」

「俺がキスをした理由を、知りたくはない？」

運転席から身を乗り出し、麗華に覆い被さるようにして、桜井が低い声で囁《ささや》く。

目の前に迫る端整な顔に、麗華はひゅっと息を呑んだ。

少しスパイシーなグリーンノートが鼻腔《びこう》を擽《くすぐ》る。

桜井の匂いだ。脳裏にあの時の甘美なキスの記憶がちらつく。

目を見開いて硬直する麗華を、桜井はどこか切なげに目を細めて見つめている。やがて、指の背でスッと白い頬を撫でた。

触れるか触れないかの瀬戸際をなぞるような接触に、麗華の背に甘い疼《うず》きが走る。

「麗華……」

名前を呼ばれて、心臓をぎゅっと掴まれた気がした。

こちらを熱っぽく見る桜井の瞳から目を離せない。

そのまま頬を包む骨張った手の感触に、身体が歓喜に震える。鼻と鼻を擦り合わせるようにされ、思わず目を閉じれば、唇に柔らかなものを押し当てられた。

重ねるだけのキス。

言葉にしてしまえば、子どもの戯《たわむ》れみたいなそれが、どうしてこんなにも罪深く胸に迫るのか。

桜井の顔が動いて、唇を何度も啄《ついば》まれると、甘い歓《よろこ》びに溺れそうになった。

このまま、溺れてしまいたい。

――でも、ダメ……！

麗華は奥歯を噛み締めて、自分の中の欲求を抑え込む。

桜井が唇の角度を変えた。深くなろうとするキスを、麗華は震える手で桜井の胸を押し、必死に押し留《とど》める。

「だめ……！　だめです！　桜井さん！」

一生懸命突っ張ろうとしているのに、桜井の硬い身体はビクともしなかった。未だ麗華の唇に己《おのれ》の唇を触れさせたまま、低い声で囁《ささや》いてくる。

「どうして」

その無神経な問いに、麗華はカッとなった。

——どうしてって、そんなの決まってるのに！

麗華はできるだけ眦《まなじり》を吊り上げて、桜井を睨みつけた。

だが桜井は動じるどころか、自分を睨む麗華の顔を、子どもかペットにでもするように指で撫でている。

「……お、お見合い相手に悪いと思わないんですか」

桜井は社長の勧めでどこかの令嬢とお見合いをするはずだ。

そして順調にいけば、結婚へと進むだろう。

これから先の未来を約束した相手がいるのに、麗華にこんなことをするのは不誠実だ。

それなのに、麗華がそう言った途端、蕩《とろ》けるようだった桜井の表情が一変した。

眉間にグッと皺《しわ》を寄せ、眼光を鋭くしたその顔は、明らかに怒りを表している。

「……見合い……じゃあ、会社に婚約者とかいう男が来たのは、本当だったのか」

「ど、どうしてそれを……！」

桜井にまで田丸が会社に押しかけてきたことが伝わっていると知って、麗華は仰天する。

麗華の返答が気に喰わなかったのか、桜井はひどく皮肉気な笑みを浮かべた。

「『営業の女神』が結婚間近だっていう噂なら、ウチの社員の中で、もう知らない者はないよ」

「そ、そんな……」

「火のないところに煙は立たない。そうだろう？」

艶《つや》やかな声を低くざらつかせ、桜井が唸《うな》るように言った。

大人の男のあからさまな怒りに怯《ひる》みながらも、麗華だって負けていられない。

合気道に傾倒していた麗華は、本来体育会系、負けん気の強いタイプだ。

――私の見合い相手が会社に来たからどうだって言うの！

この時の麗華は頭に血が昇っていて、お互いの話が微妙に噛み合っていないことに気付かなかった。

黙りこんだままじっとりと睨みつければ、桜井がクシャリと顔を歪めた。

「ちくしょう……！　待つなんて悠長な真似しなきゃ良かった！」

その切なげな表情に、腹を立てていたはずの麗華の心まで締め付けられる。

好きな人の心とシンクロしてしまうのは、恋をしている人間にとってはどうしようもないことなのだろうか。

桜井は、多分、麗華を好いてくれたのだろう。

それこそ、あんなキスができてしまう程度には。

それを嬉しいと喜ぶ自分がいることを、麗華はぎゅっと唇を噛んで恥じた。

桜井に、好かれている。そう考えるだけで、嬉しい。愛しい。……幸せだ。

――でも、桜井さんは結婚してしまう。

「私には、無理です……」

蒼い顔のまま頑《かたく》なに言えば、桜井はしばらく無言で、麗華の顔を見つめた。

そして、麗華の肩に自分の頭を埋《うず》めるようにして俯《うつむ》いた。

「そんなに真っ青になるほど……いやなのか？　俺とのことは、忘れたい？　なかったことにしたいほど？」

違う、と否定しかけて、麗華は押し留《とど》まる。これ以上応えてはいけない。

きれいごとだと思われるかもしれないが、麗華は何かを犠牲にしてまで自分が幸せになることが正しいとは思えない。

麗華にとってはこれが、自分の恋に対して誠実であるという答えだ。

だから麗華は否定の言葉を呑み込んで、黙ったまま目を伏せた。

麗華の沈黙を肯定と取ったのか、桜井は頭を起こし、覗き込むようにして麗華と視線を合わせる。

「……そんな目をしないでくれ。何も、できなくなる……」

桜井は微笑んでいた。

けれどその笑顔は少し歪められていて、麗華は胸が塞がれる思いがした。

「……あなたはズルいよ、麗華。俺を受け入れないくせに、どうしてそんな苦しそうな目をするんだ……」

それでも麗華は沈黙を保つ。

だが、じわじわと嵩《かさ》を増した涙が、とうとう、ぽろりと零《こぼ》れ落ちてしまう。

それを見ていた桜井は涙の跡を唇で拭《ぬぐ》い、頬や瞼《まぶた》を啄《ついば》んだ。

「……それでも、あなたを泣かせたくないと思う俺は、きっと阿呆だ……」

温かく、湿った感触が、ばかみたいに嬉しかった。

でも、この喜びは、手に入れてはいけないものだ。

拒もうと桜井の身体を押し戻す前に、唇が離れる。

身を起こして運転席に座り直した桜井は、麗華から目を外してフロントガラスを見つめる。

麗華もまた、震える自分の身体と心を落ち着けるために、喘《あえ》ぐように深呼吸を繰り返す。

ただ、涙が出た。

黙ったまま涙を流す麗華を、桜井がどんな目で見ていたかは、目を閉じていたので知る由《よし》もない。

だが、彼もまた、それ以上何も言わなかった。

再び車内に沈黙が流れる。

しばらくすると、桜井が静かな動作で車のエンジンをかけ、発進させた。

麗華はぼんやりと、窓の外の黒い海を眺める。

何を考えればいいのかすらも分からない。思考が麻酔でもかけられたかのように鈍くなっている。

途中、桜井が短く住所を訊《き》いた。

家に送ってくれるつもりなのだと思い至って、住所を告げた後、小さく礼を言う。

――このまま、終わってしまうんだ。

桜井への初恋が終わる。終わらせるつもりで、ここ最近動いていたはずだった。

それなのに、いざ終わりを目の前にして、麗華はひどく狼狽《ろうばい》してしまう。

――でも、これで、いいんだ。

両手を拳《こぶし》に握って、己《おのれ》の動揺を抑え込む。これでいい。この恋を終わらせることが、正しいことなのだと、心の中で呪文のように唱えながら。

いつの間にかぎゅっと目を閉じていた麗華は、車が停まってようやく、目の前が自宅マンションであると気付く。

桜井がドアロックを解除した後、麗華はシートベルトを外して車を降りた。最後に礼を言わねばと振り返った瞬間、運転席から腕を伸ばした桜井に手を掴まれる。

「なかったことにはさせない」

麗華を見上げる形で、桜井がハッキリと宣言した。

その眼差しは鋭く、麗華は息を呑んで凍りつく。

「覚悟しておいて」

それだけ告げると、桜井は掴んでいた麗華の手を放した。

麗華は一瞬動きを止めてしまったが、すぐに車のドアを閉めた。

そのまま去るかと思った桜井は、助手席の窓を開けると声を柔らかく告げる。

「中に入って。あなたが建物に入るのを見届けてから、私は行くから」

一人称が『私』に戻っている。上司として言われた気がして、麗華は指示に従い慌ててマンションへ小走りに駆けた。

開いた自動ドアを潜《くぐ》ったところで、背後で車が走り出す音が聞こえた。振り返れば、桜井の車が遠ざかっていくのが見える。

「覚悟って……」

最後に言われた言葉を呟きながら、麗華はテールランプが見えなくなるまで、その場で立ち尽くしたのだった。

その日は結局眠れなかった。

考えることが山のようにできてしまったからだ。

――もし、あの時に記憶を失くしていなかったら。

自分と桜井は、付き合っていたのだろうか。

桜井は、『あなたの方から来てほしかった』と言っていた。

それは、麗華が記憶を取り戻して彼のもとに来てほしかったということだろう。

もし記憶を取り戻していたら、あるいは、これほど自分が臆病でなく、彼にあの夜何があったのかを問い詰める勇気があったなら――そんな埒《らち》のないことを考えては、麗華は自分の愚かさに首を振った。

時間は巻き戻らないし、もし巻き戻ったとしても、自分が今のままである以上、同じことを繰り返すに決まっている。

やるせなさにまた涙を零《こぼ》していると、スマホの着信音がした。

メールをチェックすれば、父からだった。その内容に、麗華は重い溜息を吐いてしまう。

『名古屋で良いワインが手に入ったので、金曜日に田丸くんを夕食に誘いました。お母さんが鴨《かも》を焼くって張り切っているから、君もおいで』

「なぜ名古屋でワインを買っているの、父よ……」

思わずそんなどうでもいいツッコミを入れてしまう。

実家で田丸を食事に招いたことは何度もある。

だがこれまでは、田丸は単に父の教え子という立場だった。

麗華と交際をしている、と両親が思っているだろう現在、それは単なる夕食会ではなくなってしまうに違いない。

けれど、麗華の中で田丸との関係を進める気は全くない。

もともと、一度は断った話だ。それでも田丸が強引に続けようとしたのと、桜井を忘れなくてはならないからと優柔不断にもそれを黙認した結果でしかない。

そうしてしまった以上、麗華にも責任があるのだ。

「ちゃんと断らなくちゃ」

麗華は自分に言い聞かせるように呟くと、父へ了解の返事を打った。

＊＊＊

そして、その週の金曜日。なぜか麗華は、外国人顔のイケメンを前に酒を呑んでいる。

中林の企画書が通り、そのプロジェクトに向けての懇親会という建前で、営業部全員参加の飲み会が開かれたからだ。

今回は、プロジェクトに加わることになった外部コンサルタントの五崎正栄《ござきしょうえい》という男も参加している。それが、麗華が差し向かいで酒を交わしているイケメンだ。

実家での夕食会は、申し訳ないが断りを入れた。

ドタキャンという形になってしまったが、会社の付き合いだと言えば、母はのんびりと「困ったわねぇ。でもお仕事なら仕方ないわね」と了承してくれた。

「あら、五崎さんはお酒がお強いんですね」

「そういう藤井さんも。美しい女性には酒豪《しゅごう》が多いと言いますが、それは本当のことのようですね」

「ふふ、お上手。私、こう見えて結構な飲み助なんです」

お世辞の言い合いも実にスマートな五崎は、やり手コンサルとして著名なだけでなく、見た目の華やかさでも有名な男だ。

ハーフらしく、金髪碧眼《へきがん》な外国人顔の上、もの凄い美形なのだ。この美貌だけで酒の肴《さかな》になるだろう。

――まあ、桜井さんの方が素敵だけど。

心の中でそんな一言を付け加えてしまう自分は、本当にどうしようもないと思う。

その桜井は、麗華とは少し離れた場所で、課長の奥村と談笑しながら呑んでいる。最近とみに忙しいようで、この飲み会に参加できたのも不思議なくらいだ。

あれ以来、桜井とは二人きりになっていない。

それまで同様、麗華が避けてしまったのもあったし、何より桜井が多忙だったからだ。麗華達下層部にはまだ知らされていないが、会社を動かす何か大きなことが決められようとしているらしい。それは、相変わらずバタバタとしている重役達の動きから窺《うかが》える。

——もしかしたらそれに、桜井さんのお見合いも、関わってきているのかもしれない。重役候補の一人である桜井の政略結婚だ。その可能性は高いだろう。だとすれば、ますますあの夜のことはなかったことにするべきだ。

脳の裏側でそんなことを考えながら呑んでいるせいか、いつもよりペースが早くなってしまっていた。

あっという間に空になったグラスに、五崎が僅《わず》かに躊躇《ためら》う素振りで酒を注いだ。

「……これは、本当にお強い。しかしもう少しゆっくり楽しまれた方が……」

「大丈夫ですわ、今日は金曜日ですもの。……今日は、呑みたい気分なんです」

五崎の気遣いを笑顔で捻《ね》じ伏せれば、詳しい理由を訊《き》かず頷いてくれた。さすがは有能コンサルだ。

程よい酩酊感《めいていかん》を漂《ただよ》っていると、ふと自分のグラスの飲み口にグロスが付いているのに気が付いた。

麗華は人前で食事をする際に、直前に唇の化粧を落とすようにしているのだが、今日に限って失念していたようだ。

グラスをさり気なく親指で拭《ぬぐ》いながら、そう言えば今日はまだ一度も化粧直しをしていないことに思い至る。

――何やってるのかしら、私……

『営業部の女神』ならば忘れないような、日常的な女性の作法だ。

桜井の件で頭がいっぱいで、ルーティンが疎《おろそ》かになっているとしか思えない。

溜息を吐きたい気分になりつつも、笑顔で五崎に断りを入れて化粧室へ向かう。

ひとまず化粧を直して落ち着こうと思ったのだ。ついでに酔いも覚めるかもしれない。

化粧室のドアを開くと、洗面台の前に立っている華奢《きゃしゃ》な後ろ姿が見えたので、麗華は声をかけた。

「あら？　依子ちゃん？」

だが中林と鏡越しに目が合って、びっくりして目を見開いた。

中林は泣いていた。

ボロボロと大粒の涙を大きな目から零《こぼ》しながらも、キッと麗華を睨みつけてくる。

「藤井さんはズルい!!　なんでも持ってるくせに、桜井部長まで欲しがって!!」

唐突に投げ付けられた文句に、麗華は唖然とする。

いい感じのほろ酔いが吹っ飛んでしまった。

「依子ちゃん？」

「桜井部長が好きで仕方ないくせに、他の人と婚約なんかして!!」

くらりと眩暈《めまい》がしそうだった。

忙しさにかまけて忘れていたが、中林には田丸とのことを誤解させたままだったと思い出す。

それにしても、酔っているのだろうが、彼女の言っていることは支離滅裂だ。

中林とて桜井が好きなのだから、麗華が桜井以外の人と婚約したのなら万々歳だというのに、なぜ非難されているのか。

——ああ、でも、この子は真っ直ぐだから。

同じ相手に恋をしているのに、他の男性に逃げようとしているのが許せないのだろう。

きっと、中林なら逃げないのだ。好きな人だけだと、恋を貫《つらぬ》くのだろう。

だから、麗華を非難できるのだ。

胸中に苦い想いが込み上げる。

——だって、あなたは『お姫様』だから……

愛らしくて、誰もが手を差し伸べたくなる『お姫様』だから、真っ直ぐのままでいられるのだ。

『お姫様』になれず、『王子様』にさえもなり切れない麗華は、どれほど努力したって、本当に欲しいものは手に入れられない。

結局は、諦めなければいけないのだ。

苦々しさに、麗華は顔を歪めた。

どうしようもなく、腹が立った。

「……あなたに、何が分かるの……」

――手に入れられる『お姫様』のくせに。

自分の怒りが理不尽なものだと分かっている。だから堪《こら》えようと、必死で感情を押し殺そうとする麗華に、中林は追い打ちをかけた。

「分かりません！　分からないけど、藤井さんはズルい!!　そんなに恵まれてるくせに、全部全部持ってるくせに!!」

泣きながら叫ばれ、麗華の堪忍袋の緒が切れてしまった。眦《まなじり》を吊り上げ、中林を怒鳴り付ける。

「私が何を持ってるっていうのよ！　何も持ってない！　持ってないわよ!!　本当に欲しい物なんて、何ひとつ持ってないわ!!」

酔いか怒りか、四肢が震えて仕方なかった。

だが、中林も負けていない。麗華の怒鳴り声に怯《ひる》むことなく応戦する。

「欲しいなら努力して取ればいいじゃん!!　バッカみたい！　なんの努力もしないで、

欲しがるだけで手に入るとでも思ってるの⁉」

「努力してないのはあなたの方でしょう！　仕事も満足にできないくせに!!」

「してるもん!!　好きな人に好きって言ってもらえるように、あたしはめいっぱい努力してるもん!!　こっそり辰郎さんの後ろ姿を盗み見てるだけのあんたにそんなこと言われたくない!!　好きなんでしょう⁉　辰郎さんを!!」

どう考えても後から思い返してお互い恥ずかしくなるような、低レベルの罵詈雑言《ばりぞうごん》の応酬だ。だが、最後の中林の台詞《せりふ》を聞いて、麗華は息を呑んだ。

――そうよ。どうして、私は未だに、桜井さんが好きなの。

自分の中の信念を曲げたくない。自分の初恋を、自分の彼への想いを、汚したくない。だから諦めると決めたのに、どうしてまだこんなにも、桜井を好きなのだろう。

硬く拳《こぶし》を握り締めて自問自答を繰り返すうちに、自然と涙が零《こぼ》れた。

「――……好きよ。好き……桜井部長が、好き……」

どうしてなんだろう。どうして、こんなにも、理屈通りにならないのだろう。

思い通りに全てが進めば、桜井のことなどとっくに忘れ、もしかしたら田丸の手を取り新しい恋をしていたかもしれない。

その方が、建設的だ。分かっている。

それなのに。

「だったら！　だったら別の男の人と婚約なんかしてんじゃないわよっ!!　正栄の傍になんかいるんじゃないわよっ!!　正栄の隣は、あたしのものなんだからっ!!」

——ん？

自分の中の葛藤を見つめていた麗華は、中林の台詞《せりふ》の中に出てくる人物の名前に首を傾げる。

桜井の名前が入るべき個所に、別の人物の名前が入っている。

しかも「しょうえい」とは、確か五崎のファーストネームではなかったか。

「え。依子ちゃん、五崎さんといつの間にそういう……？」

涙も引っ込んだ麗華が、怪訝《けげん》な面持《おもも》ちで中林を見遣れば、当の彼女自身、あんぐりと口を開けて固まっている。

イヤイヤなんだその仰天顔は、とツッコミを入れようかと思った次の瞬間、

「ギャ——!!」

と雄叫びを上げるものだから、対する麗華は卒倒寸前だ。

怪獣か！　と叫びたくなるのを堪《こら》えて、麗華は中林を落ち着かせようと声をかける。

「よ、依子ちゃ……!?」

「ギャ——!!　ギャ——!!　言わないで!!　言っちゃダメ!!　それ以上言っちゃダメぇえええええええ!!」

真っ赤な顔をした中林が、叫びながら弾丸のように化粧室から飛び出す。麗華は呆気に取られてそれを見送ることしかできなかった。

「な、なんだったの……」

まさに台風一過といった後輩の乱心に茫然とするが、ハッと我に返って慌ててその後を追う。ここは公共の場だ。席に戻った中林がまた叫び出しては、店にも他の客にも迷惑がかかるだろう。

だが席に戻れば、中林はすでに姿を消していた。

近くにいた佐野にどこに行ったのか訊《たず》ねてみれば、「あ、なんか急用らしくて帰っちゃいましたよ」と返ってきた。さすがに心配になって眉根を寄せる。

「大丈夫かしら……ずいぶん酔っていたようだけど」

「え？　よりちゃん酔ってないと思いますよ？　俺の隣でビール呑まずに枝豆ばっか摘《つ》まんでましたし」

「え？　そうなの？」

――酔っていなくてあのテンション⁉

それはそれで心配になって、後を追おうと口を開きかけた麗華を、意外な人物が止めた。

「あ、藤井さん。中林さんは、僕が行きますので大丈夫です」

「え、五崎さん?」

その場にいた全員が目が点になった。

なにせ五崎は外部のコンサルタント会社の人間で、ここにいる面子《メンツ》のほとんどと初対面だ。そんな人物が、なぜ中林を？　という周囲から滲《にじ》み出ている疑問を察してか、五崎が少し照れたような笑みを見せて言った。

「実は、一目惚れでして。桜井部長と彼女とは、有坂《ありさか》総合病院で先に一度お会いしているんです。その時に、ね」

いい歳をしてお恥ずかしいんですが、と苦笑交じりに言い添える美丈夫《びじょうふ》に、周囲がワッと沸いた。

「いや～！　五崎さん！　それならそうと早く言ってくださいよ！」

「五崎さんになら、よりちゃん任せられますよ！」

「若い子にロックオンしたもんですねぇ！　ははは！　応援しますよ！」

と、元々ノリの良い営業畑の男達だけに、からかい半分に人の恋路で大盛り上がりする。

本来ならば、ほぼ初対面の男性に後輩女子を任せるような真似は、麗華は決してしないだろう。五崎が何と言おうと、自分が中林を追った。

だが化粧室で、中林自身の口から五崎の名前を聞いていたので、ここは任せても大丈夫だと判断した。いや、任せなければ、馬に蹴られてなんとやら、というやつなのだろう。

五崎が皆の歓声に後押しされるようにして店を出た後、麗華は佐野の隣に座り直した。お喋《しゃべ》りで楽しいことが好きな佐野は、中林の代わりに座った麗華を相手に再び話し出す。

「しっかし、よりちゃんもずいぶん大物を釣ったもんですよねぇ」

「コラ。釣るなんて失礼でしょ」

下世話な物言いを窘《たしな》めれば、佐野は首を竦《すく》めて「すみません」と笑った。この愛嬌がある悪童のような性格が、ご婦人方の母性本能をくすぐるのかもしれないとこっそりと思う。

「あーあ。ウチの華がまた一人摘んでいかれた。俺、けっこうアプローチしてたんですけどねぇ。アウトオブ眼中って感じだったなぁ」

「あなたの場合は誰にでもアプローチしちゃうから、本気にされないのよ」

肩を竦《すく》めて言ってやれば、佐野は片手で顔を覆って落ち込むふりをした。

「わあ、女神から辛辣《しんらつ》なご意見、痛み入りますぅ。……まぁ、しょうがないですよ。相手は桜井部長で、その次が五崎さんですもん。太刀打《たちう》ちできねえわ、そら」

嘆く佐野を横目に、麗華はビールをぐびりと呑む。

「……佐野くんも、依子ちゃんが部長を……って、気付いてたの？」

中林の桜井への恋慕は見ていて分かりやすいものだったが、あえて訊《き》いてみれば、佐野はブハ、と噴き出した。

「そら、あれだけポーッと部長のこと見てれば！　ま、部長が見惚れるくらいカッコイイのは俺達だって分かってますけどね」

ね、藤井さん、と言い添えられ、麗華は素直に頷いた。

「そうね。素敵だものね」

佐野がまたもやブハ、と噴き出す。

「これだもんなぁ！　ちくしょう、男前、滅べ！」

「あなたも男前よ、佐野くん」

「哀しい慰め、ありがとうございますぅ！」

唇を尖《とが》らせる佐野のグラスに、麗華はビールを注いだ。

佐野は、あざっす、と野球少年のような礼を言って、それを一気に呑み干す。

そしてグラスを、タン、とグラスをテーブルに置き、盛大な溜息を吐いた。

「でも、よりちゃんの部長への気持ちって、どっちかっていうと、学校の先生にキャーキャー言ってる女子高生みたいな感じだったたから、俺にも入り込む余地あるかもー！なんて期待してたんですけどね。でも、さっき藤井さんと五崎さんが喋《しゃべ》ってたのを見てたよりちゃんの顔、もう嫉妬とか独占欲とか丸出しで、完全に恋する女の顔だったんですよ。だからもう……あーっ、ちくしょう！」

よりちゃーん、と中林の名を呼んで突っ伏す後輩の姿に、案外本気で彼女のことを想っていたのかもしれない、と麗華は憐憫《れんびん》を覚えた。

自分とて、桜井への恋心を抱えたまま動けずにいる。

切ない恋を抱えた、同志のようなものだ。

化粧室で中林に指摘された通り、桜井への恋心は未だ消えていないのだから。

麗華は自分もグラスのビールを一気に呷《あお》った。佐野を真似てタン、と空のグラスを置くと、突っ伏す佐野の頭をくしゃくしゃと撫でてやる。

びっくりしたように顔を上げた佐野は、酒のためかポッと頬を染めて麗華を見る。

しかし次の瞬間、麗華の背後に焦点を当て、化け物でも見たかのようにサッと顔色を蒼くした。

後輩の顔色の変化に気付かない麗華は、満面の笑みで拳《こぶし》を握ってみせる。

「佐野くん、今日は呑みましょう！　とことん付き合ってあげるわ！」

「や、やめてくださいよぅ、藤井さん酒豪《しゅごう》じゃないですか！　付き合ってたら俺の方が死んじゃいます！　っていうかもうすでに殺されそうだからやめてください！」

佐野は情けない顔でブンブンと首を横に振ったが、麗華は許さなかった。

「誰に殺されるのよ、変なこと言わないの。もう、男の子がひ弱なこと言ってちゃダメよ。あ、お姉さん、これ、お願いします。ふたつ、冷やで」

メニューの中の日本酒を指して通りかかった店員に頼む。

「藤井さん、後生です……！　き、鬼神が……」

「きしん？　何変なこと言ってるの？　さ、呑むわよ。佐野くん！」

仔ウサギのようにブルブルと震える佐野に、麗華は女神もかくやという艶《つや》やかな笑みで酔いどれ宣言をしたのだった。

8

夢を見ていた。

泣き喚《わめ》く自分を、桜井が優しく抱きとめてくれる夢だ。

桜井のがっしりとした腕や、厚い胸板、そしてグリーンノートの香りに包まれて、麗華は子どもみたいに安心した。

幸せだ、と思う反面、最近桜井の夢ばかり見ているなと苦笑した。

我ながら諦めの悪い恋心だ。

そんな自分を情けなく思いながらも、せめて夢の中でくらいは……と、幸せを感じる自分を許した。

——辰郎さん、すき……

零《こぼ》れ出た呟きに、桜井が柔らかく笑った。お姫様抱っこをされているので、整った精悍《せいかん》な顔がとても近い。触りたい、と思ってその頬に手を伸ばせば、麗華の掌《てのひら》に擦り付けるように触れてくれた。

——ああ、本当に、なんて幸せな夢。

幸せ過ぎて、涙が出そうだ。

そんなことを思いながら、麗華は、夢の中なのに目を閉じたのだった。

＊＊＊

「麗華ちゃん、いい加減に起きなさい。もうお昼になっちゃったわよ」

遠くから聞こえる母の小言混じりの声で目が覚めた。

パチッと瞼《まぶた》を開いて、見えたのは懐かしい実家の天井だ。

「あれ？」

なぜ実家なのだろう、と思って上げた声は、スカスカに掠《かす》れていた。水を飲もうと起き上がれば、猛烈な頭痛に襲われて突っ伏してしまう。

この状況に既視感がある。

桜井の部屋で泥酔から目覚めた時のことだ。今、それと同じような吐き気と頭痛に襲われている。

「…………二日酔い、ってことは……」

ガンガンと痛みを訴える頭を片手で押さえながら、昨夜のことを思い出す。

「そう、だ。飲み会があって……」

田丸が来るからという実家の誘いをドタキャンして、営業部の皆と呑みに行ったのだ。

五崎というイケメンコンサルと差し向かいで呑んでいたら、嫉妬した中林に化粧室で怒鳴られて——と順番に記憶を辿《たど》っていくが、傷心の佐野に付き合って杯を重ねていったところで止まってしまった。

「ま、また、なの……!?」

重なる己《おのれ》の失態に愕然《がくぜん》とする。

佐野と呑んだ後の、記憶がない。

あの後どうなったのかも、どうやって実家まで帰って来たのかも。

飲み会の場には、営業部の連中がほとんど全員参加していた。無論、部長である桜井も……

「さ、最悪……！」

またしても、一番見られたくなかった人に醜態を晒《さら》したかと思うと、情けなさに涙が出そうだった。布団に顔を埋めたまま悶々《もんもん》としていると、痺《しび》れを切らした母がノックの音と共に部屋のドアを開いた。

「麗華ちゃん！　起きなさい！　お素麺《そうめん》が伸びちゃうわ！」

どうやら今日のお昼ご飯は素麺《そうめん》らしい。それなら二日酔いの胃でも受け付けてくれそうだ。さすがは母である。

「……起きてる……」

気だるく答える麗華に、母は腰に手を当てて仁王立ちのまま、厳しい顔つきで命じる。

「起きてるなら早く下に下りてらっしゃい。ちゃんと顔を洗って着替えてきなさいよ」

「……はい」

どうやらご立腹のようだ。おっとりしている母だが、決して甘いだけの人ではない。

お説教の気配がビシビシと感じられて、麗華は背筋を伸ばしながら返事をした。

母は麗華がベッドを下りたのを確認すると、くるりと踵《きびす》を返す。

だが部屋を出る一歩手前で振り返り、言い添える。

「そのスーツはちゃんとクリーニングに出しなさいね」

その言葉に自分の姿を見下ろした麗華は、昨日のスーツのまま眠ってしまったことに気付いた。当然スーツは皺《しわ》くちゃだ。

「うう、お気に入りだったのに……」

だが自業自得なので仕方ない。スーツやシャツに吐瀉物《としゃぶつ》の汚れが見当たらないので、そういう失態はなかったのだとひとまず安堵する。

ベッドの横のクローゼットの中から下着とカットソーとデニムを取り出した。

実家の麗華の部屋はそのままにされており、衣服や化粧品など大抵の物が置いてあるので、日常生活に困ることはない。

部屋を出て階下に降り、風呂場に直行する。

素麺《そうめん》が伸びると言われたが、化粧も落とさず、歯も磨いていないこの状況で食事をする気にはなれなかった。

できるだけ短時間でシャワーを浴びて歯を磨き、スッキリしてリビングに行くと、もう食事を終えたらしい両親がテーブルでお茶を飲んでいた。

「重役出勤だな。おはよう、お嬢さん」

「あなたのお素麺《そうめん》、伸びちゃったわよ」

「おはよう。すぐに食べます、ありがとう」

食卓に着き、いただきますと手を合わせてから、用意されていた昼食を食べる。

茹《ゆ》で豚や、細く切られた茗荷《みょうが》、胡瓜《きゅうり》、青じそ、トマトなどの薬味がさっぱりしていて、二日酔いの胃にもするすると入った。

麗華が食べ終えて、箸を置いた頃、おもむろに父が言った。

「君は酒の呑み方を覚えた方がいいよ、麗華」

母が淹《い》れてくれた緑茶を飲んでいた麗華は、うっと言葉を詰まらせた。

「い、いつもは、あんなには呑まないんだけど……その、私、どうやってここまで来たのかしら？」

ごにょごにょと言い訳混じりの麗華の質問に、両親はあんぐりと口を開けた。

「呆れた！　あなた覚えてないの？」

「うっ……ごめんなさい……」

「もう、いい歳なんだから、そういうみっともないお酒の呑み方はおよしなさい」

「め、面目ない、です……」

容赦のない母のお叱りに返す言葉もなく、麗華は肩を縮こまらせて謝る。

母は溜息を吐いて教えてくれた。

「昨夜、夕食に田丸さんをお呼びしたでしょう？　ご飯の後、お父さんがあなたに電話をしたのよ。飲み会が終わっていたら、今からでもウチに来れないかって言おうとして。そしたらあなた、すごく酔っぱらってて、呂律《ろれつ》も怪しい有り様《ありさま》だったから、迎えに行こうってことになったの」

「ええ……」

麗華は思わずしょっぱい顔になってしまった。

泥酔中に父が電話をかけてきたなんて、タイミングが悪いにも程がある。

それに二十八にもなって親に迎えに来てもらうなど、恥ずかしいを通り越していっそ憐《あわ》れだ。正直、そっとしておいてほしかったが、事を招いたのは自分なので文句はぐっと堪《こら》える。

「す、すみませんでした」

唇を引き結んで言えば、母はこれみよがしにもう一度溜息を吐いた。

「本当よ。田丸さんにもちゃんと謝っておきなさい。お父さんと一緒に迎えに行って、泥酔したあなたを抱いて家まで運んでくれたんですからね」

「……ええ⁉　田丸くんに、そんなことまで⁉」

麗華は仰天した。田丸にまで醜態を晒《さら》した場面を想像するだけで、頭痛が悪化しそうだ。

「あら、だって田丸さんは婚約者なんだから。それくらい……」

「ああ……」

麗華は呻《うめ》き声を上げた。

確かに田丸はそんなことを言っていた。

だが色々立て込んでいて野放しにしてしまったが、田丸はしっかり両親にまで言ってしまっていたらしい。

今回のことといい、会社での婚約者宣言といい、やはり田丸は外堀から埋めようとしているようだ。麗華は頭を抱えたい気分になる。

——それもこれも、私が桜井さんへの想いから逃げようとしていたツケが回って来たんだわ。

桜井を忘れて新しい恋をすればいいと安易に考えて、田丸を利用しようとしていた。田丸のやり方は褒められたものではないが、自分だって似たようなことをしている。田丸を責めることなんてできない。

とりあえず今は、しっかり両親に言っておかねばならない。

麗華は居住まいを正して、両親に向き直った。

「あのね、お父さん、お母さん。言っておかなくちゃいけないことがあります。私、田丸くんのことは、お断りするつもりです」

「ええっ!?　どういうこと？」

母は目を見開いて大きな声を上げたが、父は黙ったまま麗華を見つめている。

「田丸くんはいい人だし、男性としてもとても魅力的だったわ。だから好きになれるかもと思ったんだけど……。私、今の会社が好きなの。やり甲斐があるし、辞めたくない。

田丸くんのことは、会社を辞めるほどには、好きになれなかった」

見合いをしてみようと思った理由は、本当は桜井を思い切るためだった。

だが、これも真実だ。だから胸を張ってそう説明すれば、父は「そうか」と頷いてくれた。

「それなら仕方ない」

「でも、あなた」

父はニコリと笑って言ったが、母は困惑の表情だ。

無理もない。昨日まで田丸とうまくいっていると思い、将来の婿として家に招いていたのだから。

父は不満そうな母の肩に、宥《なだ》めるように手を置いた。

「結婚なんて、周囲がどうこう言ったからと進めるものじゃない。麗華本人が納得しないのに結婚なんかできないよ。あなたと私がそうだったようにね」

自分達の結婚に言及され、母が表情を和《やわ》らげた。

この二人は周囲の反対を押し切り、大恋愛の末結婚したという過去を持つのだ。

「まあ、仕方ないのかもしれないわね。恋をしていないのに、結婚なんてできないものね」

父と見つめ合うようにして母が言うものだから、麗華は少々遠い目になる。

自分の親の恋愛沙汰などあまり聞きたいものでないのは、誰もが同じだろう。

だが母の言葉を心の中で反芻《はんすう》して、ああ、と腑《ふ》に落ちるものがあった。

『恋をしていないのに』

――そうだ。その通り。

麗華は、田丸に恋を抱けなかった。

――私の恋心は、桜井さんに、全部捧げてしまっているから。

だって、どうしたって忘れられない。彼を好きだという気持ちが止められない。

あの夜、車の中で彼が麗華の手を取ろうとした時だって、本当はその手を取りたかった。一度でいいから、彼に愛されてみたい。誰かを不幸にしてでも、彼が欲しいと思ったのだ。

だけど、それができない自分を臆病だとは思わない。それが自分だ。それで、正しいのだ。

その瞬間、麗華はあることに気付いた。

どうして無理に桜井を忘れなくてはと思い込んでいたのだろう。桜井を好きなら、忘れられないなら、それでいいではないか。

桜井が誰と結婚しても、自分が彼を好きでいることは自由なはずだ。

人の心は止められないのだから。

──忘れなくていいんだ。

そう思い至った瞬間、心が一気に軽くなった気がした。

誰かから桜井を奪おうとは思わない。誰かを傷つけてまで得ることはしたくない。

だが、切なくても、報《むく》われなくても、自分のこの片恋を守っていってもいいのだと思うと、それだけで、何かから解放された気分になる。

そうなると、自分は一生結婚できないかもしれないが、それでもいい。

麗華は自分の未来を想像して、自然と笑みが込み上げてきた。

──ええ、それでもいいわ。

桜井を好きだという気持ちを押し殺してまで、誰かと結婚したいなど思わない。

──私は、この片恋を抱えて生きていく。

それでいいのだ。

久し振りに、初夏の晴れた日の朝の湖面のように、胸中が凪《な》いでいた。

＊＊＊

月曜日。麗華は入社して初めて、仕事を休んだ。

理由は、発熱だ。

実家にいるという気の緩《ゆる》みだろうか、日曜日に三十九度の熱が出て、丸一日寝て過ごすことになったのだ。

日曜でもやっているクリニックへ両親に連れて行ってもらえば、急性上気道炎《じょうきどうえん》と診断された。

「今はまだインフルエンザは流行《はや》っていないから、流行性の感染症じゃないと思いますよ。少し免疫力《めんえきりょく》が低下しているのかな。過労なのかもしれませんね。二、三日身体を休めることです」

とりあえず抗生剤を出すので、これでも熱が下がらなければまた来てほしい、と言われ、病院を後にした。

普段の麗華ならば、多少の熱があっても出社したのだが、今回はそうはいかなかった。病院に両親が付き添ったばかりに、医者から言われた「二、三日の休み」を徹底して取ることとなってしまったのだ。

「だいたい、君は働き過ぎなんだよ。普段しっかり働いているんだから、熱が出た時くらい休まなくてどうする。なんのための有給制度だ」

月曜の朝に出社すると言った麗華は、父にたいそう憤慨して言われた。確かに、溜まっている有給を少し消化しておいてもいいかもしれない。仕事も急ぎのものはなかったはずだ。

会社に電話をすれば、奥村が出て『大丈夫か』と心配してくれた。

麗華が金曜日の醜態について謝れば、逆に『面白いものを見せてもらった』と軽快に笑われてしまう。

奥村のこういうところが、上からも下からも好かれる理由なんだなと思う。

昼になると、抗生剤が効いたのか、解熱剤を使わなくても熱は三十七度台まで下がっていた。

父は大学に行き、母は買い物に出かけたので、今家にいるのは猫と麗華だけだ。

静かなせいもあり、時間が驚くほどゆったりと進んでいく。

着古したカットソーとデニムという恰好で、ぼんやりと小説を読んで過ごしていると、来客を知らせるインターフォンが鳴った。

「あら？　何か配達かしら」

ねぇ、タマ、と一緒にソファに座っていた老猫に話しかけながら立ち上がり、インターフォンの画面を確認する。何とそこには、田丸の姿があった。大方、大学で父に麗華が風邪だと聞いたのだろう。

部屋着で化粧もしていないので一瞬躊躇《ちゅうちょ》したが、居留守を使うのも失礼だ。それに金曜日の謝罪もまだしていない。

――そもそも、金曜日にはちゃんとお付き合いを断るつもりだったんだし。

そう思い直し、麗華は玄関に向かった。

玄関のドアを開くと、田丸が花束を抱えて立っていた。

「こんにちは、麗華さん」

「こ、こんにちは。ごめんなさい、こんな恰好で……」

すっぴんにカットソーとデニムという出で立ちを謝れば、田丸は目を細めて笑った。

「化粧をしていないあなたって、すごくキュートだ。高校生の女の子みたいだね」

「い……いや、何言ってるの！」

三十手前の女に向かってさすがに高校生はないだろう。猛烈に恥ずかしくなって、素顔を隠そうと麗華は俯《うつむ》いた。

「それはそうと、金曜日はご迷惑をおかけしてしまって……本当にごめんなさい」

俯《うつむ》いたついでにそのままペコリと頭を下げれば、田丸のクスクスという笑い声が降ってくる。

「いいんだよ。酔っぱらったあなたも可愛かったから。あ、これ、お見舞い」

花束を差し出され、受け取りながら麗華は顔を顰《しか》めた。

「か、可愛いわけないでしょう。……あの、私、妙なことしてなかった？　大丈夫だった？」

麗華が慌てて訊《たず》ねれば、田丸は思案顔をしてこちらを見つめてきた。

その間が妙に長い気がして、麗華は恐る恐る呼びかける。

「あの、田丸くん？」

「──麗華さん、単刀直入に訊《き》きます。どうしても、忘れられないですか？」

「え？」

何を、と言いかけて、以前『好きな人がいる』と言って結婚を断ったことを思い出す。

こんな玄関先で話していい内容だろうか、とも思ったが、元々今日はこの話を断るつもりだったのだから、丁度いいのかもしれない。

麗華はペコリと頭を下げた。

「すみません、田丸くん。私は、あの人を忘れられません」

田丸の顔を真っ直ぐに見て、きっぱりとした口調で言う。田丸は目を見開いてしばらく固まったが、やがて、ふう、と大きな息を吐いて苦笑を浮かべた。

「やっぱり、振られちゃったか」

「……ごめんなさい」

麗華が繰り返して謝れば、田丸は苦笑いのまま肩を竦《すく》める。

「仕方ないよ。僕にしては結構頑張って粘ったんだけど」

確かに粘り強さは感じられた、と麗華が曖昧《あいまい》に笑うと、田丸はふと真顔になった。

「一応、敗因を訊《き》いても？」

一瞬、無難な回答をしようかと迷ったが、やはり正直に伝えたいと思った。田丸は、こんな自分を好きだと言ってくれた人だ。最後くらいは誠実でいたい。

「あなたが悪いんじゃない。ただ、私が彼を好きでいることしかできないって、分かったの。彼以外だったら、他の誰も要らない」

きっぱりと言った麗華に、田丸はくしゃりと顔を歪めて笑った。

「そっか……。じゃあ、敵《かな》わないな。ね、麗華さん。あなたが言っていた『手の届かない好きな人』って、あの桜井っていう部長さんでしょう」

突然言い当てられて、麗華は心臓が止まるかと思った。

「あ、なっ、なぜその名を……!?」

焦り過ぎてドモると、田丸はアハハ、と声を上げて笑う。

「本当に、分かりやすいね、麗華さん」

ばかにされたような気分になって、麗華はぶすりと不満顔になる。

その顔を見て田丸はまたケタケタと笑ったが、やがて笑いを収めると、ハァ、ともう一度溜息を吐いた。

「あのね、なぜ僕が桜井さんを知っているかだけど……金曜日の夜、泥酔したあなたをタクシーまで抱いて運んだのが　桜井さんだったからだよ」

「えっ!?」

思いがけないことを言われ、麗華は大きな声を出してしまった。

そう言えば、桜井に抱かれている夢を見た気がする。

あれは、本当だったのだろうか。

「居酒屋に迎えに行ったら、あなたは眠り込んでしまっていた。仕方がないから、僕が抱き上げて連れて行こうとしたら、あなたもの凄く暴れたんだよ。僕、合気道の技を使って投げ飛ばされかかったもの」

田丸の言葉に、麗華は青褪《あおざ》めて恐縮する。

「ご、ごめんなさい……！」

「はは。いいんだ、まぁ、酔っ払いだったから。怪我もなかったし。それで、抱き上げさせてくれないあなたを、どうしようかって教授と顔を見合わせてると、部長だっていうむちゃくちゃダンディなオッサンが現れて、『私が抱いて行きましょう』って。物腰は柔らかいんだけど、僕を見る目が半端じゃなく迫力があった。あ、この人なんだって、ピンときたんだ」

「え――」

自分の醜態を身の縮む思いで聞いていた麗華は、田丸の思わぬ言葉に目を見開いた。

――田丸くんを見る目に迫力があったって、どういうこと……？

「あなたも、桜井さん相手だと、ちっとも暴れないで仔猫みたいに大人しく抱かれて眠っちゃうからさ。さすがに僕もちょっと焦って、つい言っちゃったんだ。『女性をこんなになるまで呑ませるなんて、上司として少し良識が足りないんじゃないですか？』って」

「ちょっ……！」

麗華が酔っぱらったのは自己責任でしかない。

まして桜井のせいなどでは絶対にない。

なんてことを言ってくれるんだ、と眦《まなじり》を吊り上げた麗華に、田丸はしれっと舌を出した。

「ごめんね。まぁ、僕は結局こうして振られるんだし、大目に見てよ。――それで、話の続きだけど。僕が厭味《いやみ》を言ったら、あの人なんて返したと思う？『彼女に関しては全て私が責任を持つつもりだ。君の出る幕じゃない』って。婚約者って名乗ってた僕に向かってだよ？　傍に教授もいたのに、本当に剛毅《ごうき》だよね」

「せ、責任って……」

呆気に取られる麗華に、面白そうにニヤニヤとしながら、田丸は続ける。

「情けないけど、迫力負けだよ。そりゃもう、虎か狼かって目だった。僕が二の句を継げないでいると、あの人、あなたを抱いたまま教授に向き直って、『今日は親御さんであるあなたがいらっしゃるので引き下がりますが、私は彼女を彼に渡したわけではありません。あくまで、父親であるあなたにお渡しするのです』って言ったんだ。教授も茫然としてたよ」

麗華はもう何も言えなかった。

桜井は一体どういうつもりで、父にそんなことを言ったのだろう。

嬉しいのか、虚《むな》しいのか、感情が入り乱れて、訳が分からない。

表情を凍り付かせる麗華に、田丸が眉を下げた困ったような笑みを向けて言った。

「ねえ、麗華さん。あなたはどうして、桜井さんを『手の届かない人』だなんて思ったの？　僕には、あの人があなたに向かって手を伸ばしているように見えたけど」

「え……だっ、て……」

麗華は目を泳がせる。

――だって、桜井さんは、ずっと憧れで、私よりもずっと先にいる人で……

「思い込んでいたんじゃない？　手の届かない人だって。彼と自分は違うんだって、勝手に線引きをして、遠ざけていたんだ」

「そんなこと――！」

畳み掛ける田丸に反論しようとして、麗華は止めた。

――本当に？　私は桜井さんを、ちゃんと見ることができていた？

浮かび上がった自問に、出てきた答えは、否、だ。

いつだって遠くから眺めるばかりだった。

近づかれると、嬉しくて、恥ずかしくて、緊張して、まともに顔を見られなかった。

桜井は言っていた。

『あなたの方から来てほしかった』と。

それなのに、桜井を避け続けたのは、自分ではなかったか。

「あ……」

愕然《がくぜん》として、麗華は唇を戦慄《わなな》かせた。

――桜井さんは、想っていてくれた？　私を？

『来てほしかった』と言ってくれた。まだ勇気の出ない自分を待っていてくれたのだろうか。

あのキスも、求めてくれていたからなのだろうか、自分を。

「桜井さん……！」

だとすれば、桜井の伸ばした手を見て見ぬふりをしてきたのは、麗華だ。

自分に自信がなくて、だからこそ彼の隣に立てるようになりたいと言いながら、その同じ口で彼を『手の届かない人』と言って遠ざけ続けてきた。

お見合いのことだってそうだ。

改めて考えてみれば、麗華は桜井の口から直接『見合いをして結婚する予定だ』と聞いたわけではない。盗み聞きで一方的に情報を得ただけ。

——何か、事情があるかもしれないのに。

訊《き》けば良かったのだ。

きっと桜井は答えてくれただろう。麗華の好きになった人は、そんな大事なことを誤魔化したり嘘を吐いたりする人ではないはずだ。

——訊《き》けなかったのは、私が臆病だったから。

桜井の口から肯定の言葉が出てくるのが。

ずっと憧れ続けるだけでいいから、自分の恋を守りたかったのだ。

臆病なだけの、愚か者だ。

ポロリ、と涙を零《こぼ》す麗華に、田丸がクスリと笑って肩を竦《すく》めた。

「あーあ。他の男を想って泣く涙なんか、見たくなかったな」

わざとおちゃらけた声を出す田丸に、麗華もクスリと笑いを漏らした。

「ごめんなさいね。でも、おかげで心が決まったわ」

「じゃ、あの人のところに行くんだね」

零《こぼ》れた涙を指で拭《ぬぐ》いながら、麗華は首を横に振った。

「今は無理。桜井さんの前ではできるだけきれいでいたいから」

何しろ、すっぴんの部屋着という出で立ちである。

それに、今はまだ桜井は仕事中だ。

熱で仕事を休んでいるはずの麗華が、のうのうと会社に行けるはずもない。

微笑んだ麗華に、田丸はやれやれと肩を上げる。

「はいはい。惚気《のろけ》はご勘弁。こっちは傷心真っ只中ですよ。もう心が辛いので、退散することにします」

左胸を手で押さえてわざと苦しげな表情を作る田丸を、麗華はじっと見つめる。

麗華を囲い込もうとしたそのやり方は強引だったけれど、でも憎めない男だった。

では、とドアを開けて出て行った田丸を追って、慌てて外に出た麗華は、その後ろ姿に声をかける。

「田丸くん！　ありがとう！」

麗華の声に振り返った田丸は、手を上げて笑った。

「麗華さん、好きですよ。本当は、俺が幸せにしたかったけど……幸せになってください」

不意をつかれて放たれた愛の告白に、麗華は狼狽《うろた》えて目を見張った。

「田丸くん……」

ありがとう、と続けようとした言葉は、唐突に降ってきたバリトンボイスに遮《さえぎ》られた。

「幸せにするとも。俺がね」

ギョッとして声の方に目を向ければ、家の門を潜《くぐ》る桜井がいた。

よほど急いできたのか、いつもはきれいにセットされている髪は乱れているし、門に横付けされている車は、扉が開いたままなのが見える。

「ぶ、部長!?」

「辰郎だ」

驚く麗華に、桜井は短く訂正を入れると、足早にこちらへ向かって歩み寄った。そして麗華と田丸の間に立ちはだかるようにして入り込む。

そして田丸を睨み下ろすと、低い声で言った。

「麗華は俺が幸せにする。繰り返して言うが、君の出る幕じゃない」

あからさま過ぎるほどの牽制に、田丸が両手を上げて降参をする。

「そんなに威嚇《いかく》しなくても、分かってますよ。たった今彼女に振られたところです」

その言葉に、桜井は吊り上げていた眦《まなじり》を僅《わず》かに緩《ゆる》めて、麗華を振り返る。

未だ驚いたままの麗華だったが、桜井の眼差しにコクコクと頷いた。

すると田丸が目を丸くして、クッと喉を鳴らした。

「余裕ないな、あなたも」

挑発めいた田丸の言葉に、桜井はフンと鼻を鳴らす。

「彼女を前に、余裕のある男がいたら見てみたいものだ」

「あー。なるほど、大いに同意するね」

男二人が互いに同情するような目を向けた後、揃って麗華の方を見てくる。麗華は困惑しつつも訊《き》き返す。

「な、なんですか」

「……いや。無自覚ほど凶悪なものはないな、と……」

「まったくだ」

しみじみと頷き合う二人に、麗華は唇を尖《とが》らせる。

どういうことかは分からないが、なんだかばかにされている気がする。

そんな麗華を見て、田丸はニヤリと口の端を上げて言った。

「まあ、とにかく。麗華さん、その人が嫌になったら、僕のところにおいでよ。すぐにアメリカから飛んできて、掻《か》っ攫《さら》ってあげるから！」

「誰がさせるか」

間髪《かんはつ》容《い》れずに応酬した桜井は、麗華の腰をかき抱いた。

そんな彼を見た田丸はもう一度笑い、手を振って去って行った。

麗華はと言えば、突然現れた桜井に抱き寄せられている状況に、眩暈《めまい》がしそうになっている。

「あ、あの、桜井さん……」

狼狽《うろた》えてか細く名前を呼べば、桜井が麗華の耳元で言った。

「辰郎だ。呼んでごらん、麗華。あの夜は可愛く呼んでいただろう」

麗華、と耳朶《じだ》に吹きかけるように囁《ささや》かれ、ぞくぞくと身が戦慄《わなな》く。

背中を走り抜ける甘い痺《しび》れに耐え切れず、ぎゅっと桜井のシャツの胸元を握れば、桜井は麗華の膝と背中に手を入れ、ひょいと抱き上げてしまった。

「きゃあ！」

いきなり抱え上げられバランス感覚を失い、思わず桜井の首にしがみ付く。すると、桜井が麗華の首に自分の顔を埋《うず》めるようにして呟いた。

「やっと、捕まえた……！」

万感を込めたようなその呟きに、麗華の胸が熱くなった。

やっと、という言葉に、自分の方こそ、と思った。

ずっとずっと好きだった。

憧れて、恋い焦《こ》がれて、手に入れることはおろか、想いを告げることすらおこがましいと思った相手だった。

彼のようになりたくて、彼を目指して、彼の背中を追い続けてきた年月。

それが今、こうして手の届く距離にいる。

そして、彼の腕の中に抱き締められている。

「辰郎、さん……！」

自然と口から零《こぼ》れ出たのは、呼ぶようにと促《うなが》された彼の名前。その名を呼んだ途端、自分を抱き締める腕に力が籠もった。その痛いほどの力が嬉しくて、涙が出る。

「好き。好きです。私は、辰郎さんが、好き……！」

もう止められなかった。どれほど消そうとしてもできなかった想いを。

泣きながら想いを告げる麗華を受け止めるように、桜井が頬擦りする。

「好きだよ、麗華。もう絶対に逃がさないから、覚悟しておいで」

優しく、けれど力強い抱擁《ほうよう》に、麗華は泣きじゃくりながらも安堵していた。

夢にまで見たこの場所にいることを、未だ信じられない気持ちで。

9

とりあえず、と麗華は桜井を実家に招き入れようとしたが、桜井が固辞した。

「ご両親に挨拶も済ませていないのに、家に入るわけにはいかない」

「あ、挨拶って……」

なんの挨拶をするつもりだと恐る恐る訊《たず》ねれば、桜井はさも当然のように言った。

「結婚を前提にお付き合いをさせてもらうという挨拶だよ」

「けっ……!?」

突拍子もない発言に、麗華は目を白黒させて絶句した。

結婚。誰と誰が、とは問うまでもない。今ここには麗華と桜井しかおらず、文脈からいって自分達二人が、という話だろう。

だがしかし、である。

麗華は顔をトマトのように真っ赤にしながら、全身から汗が噴き出すのを感じた。

今互いに想い合っていることを確かめ合ったばかりで、いきなり結婚は飛躍し過ぎていないだろうか。

狼狽《うろた》える麗華の様子から、何を考えているか予想できたらしい。

桜井は眉間に僅《わず》かに皺《しわ》を寄せ、低い声を出す。

「俺との結婚は考えてもいないということ?」

そんなはずがあるか、と麗華は弾かれたように顔を上げて、ブンブンと首を横に振った。

「いいえっ!　そうじゃなくて……あ、だって、た、辰郎さん、お見合いをするんでしょう!?　それなのに、私と結婚とか……」

言い訳を考えている内に桜井が政略結婚をするということを思い出した。そうだ、まだ大きな問題が残っている。

だが、今度はそれを聞いた桜井が目を見開いた。

「ハァ!?」

滅多に聞かない桜井の大声に、麗華はビクリと身を揺らす。互いに目を見開いて見つめ合うこと数秒、桜井が呆気に取られた顔で訊《たず》ねてきた。

「お見合いって……それは俺の？　あなたのじゃなくて？」

「わ、私のは……お見合いっていうほどのものじゃなくて！　それに田丸くんには、もうお断りしましたし」

麗華のしどろもどろの説明に、桜井は嘆息すると、中指でグッと眼鏡のブリッジを押さえる。

「それは大体見当がついていたから、まあいい。けれど、俺が見合い？　全く身に覚えがないんだが」

その困惑の表情に、彼が嘘を吐いているとは思えず、麗華は恐る恐る言った。

「あの……会社で、辰郎さんと向坂常務が話しているのを聞いてしまったんです」

「向坂常務と？　いつだろう」

最近重役会議が頻繁に行われていて、向坂とよく会うせいなのだろう。思い出せないと言わんばかりに、桜井が眉を顰《ひそ》める。

「あの、コーヒーを買おうと食堂にいたら、小会議室から辰郎さんと常務が出て来て……ご令嬢を、トウがたってるけどまだ旨味《うまみ》はあるとか、ちょ、調教とか……話していらして」

「……調教？」

少々際どい単語に、桜井の眉間の皺《しわ》が深くなる。

だが麗華としても、聞いたのは事実だ。

「あとは、年貢《ねんぐ》の納め時とか、社長の直々の打診だ、とか」

「んんー？」

麗華の言葉にピンと来るものがないのか、桜井は腕組みをして考え込んだ。

「……あ！　あの時のか！　あなた、あれを聞いていたの？」

仰天したように叫んだ桜井に、麗華は、やっぱり思い当たる節があったのだ、と内心ガッカリしてしまう。だが桜井は麗華の肩をがっしりと掴んで言った。

「あれはウチの会社が姫岩建設《ひめいわけんせつ》を買収するって話だよ！　姫岩をご令嬢に例えただけだ」

「え!?」

ヒメイワ、という名前に、なんとなく聞き覚えがあって目を見張る。

「昨年からハウスメイキング事業にも参入しているのは知っているだろう？」

問われて麗華は慌ててコクコクと首を縦に動かした。

「昨年、住宅メーカーのコウセツハウスを吸収合併した件をきっかけに、ですよね」

麗華は記憶の中を探り、『姫岩建設』の情報を引っ張り出す。

確か準大手ゼネコンで、ベトナムに強力な基盤を持っている。

提携すれば、中国や東南アジアで住宅・マンション供給を拡大することができると見込まれていた。

現在国内の住宅・建設市場は縮小しており、業界の枠を超えた再編の動きが広がってきていることを鑑《かんが》みれば、三楽にとって姫岩の買収は旨味《うまみ》のある話だ。

「姫岩は大きな負債を抱えてにっちもさっちもいかなくなりかけていたんだが、メインバンクである銀行主導でそれを整理され、三楽に売却されることになっている」

上司の顔で説明をする桜井に、麗華は脳内で情報を整理しながら頷いた。

「なるほど……。今の殺人的なまでの忙しさは、これが理由だったんですね……」

最近会社で重役会議が頻繁に行われていたり、やたらと銀行やコンサルタントなどが訪れているのは、これが理由だったのだ、と麗華は得心がいく。

「あの、でも、そしたらあの時向坂常務が言っていた『年貢《ねんぐ》の納め時』というのは……？」

「ああ。あれはつまり……まだ内密だが、姫岩の新たな代表取締役に、という話が上がっていて」

「え――」

Ｍ＆Ａで会社を譲渡すると、経営権が買い手企業に移る。

その際、譲渡企業の代表取締役は退任し、譲受《ゆずりう》け企業から新たな代表取締役や役員が派遣されてくるケースが多い。今回もそれに該当するのだろう。

つまり、桜井は新生姫岩建設の社長に就任するということだ。

「それは、おめでとうございます……！」

衝撃の事実に勢い込んで祝いの言葉を述べれば、桜井は苦笑して肩を上げる。

「うーん。ありがとうと言っていいのかどうか」

三楽の諸役員達を押しのけて桜井が姫岩の取締役に、というのは、普通では考えられないくらいの大抜擢だ。それだけ能力を高く買われているのだろう。

それなのに煮えきらないような彼の表情に、麗華はきょとんとした。

「え。でも、昇進、ですよね？　あら、栄転になるのかしら？　どちらにせよ喜ばしいことでは……？」

首を傾げる麗華に、桜井は苦く笑んで腕を組んだ。

「そうなれば、私の籍は三楽ではなく新生姫岩に置かれることになる」

「……あ、では、大規模な人事異動が」

「そうなるね。私以外にも姫岩に行くことになる人が数名いるだろう」

そうか、と麗華は呟く。

桜井が三楽から抜ければ、営業部長の席に他の誰かが座ることになる。そして、桜井をトップとして三楽から他の優秀な社員達が移っていくことになるだろう。

この不況の中、黒字業績を守ってきた桜井の見事な手腕を失うとなると、その穴埋めにどれほどの人材が必要となるのか。考えるだに恐ろしい。

会社の行く先を考えてブルリと身を震わせた麗華を見つめたまま、桜井は少し切なげに言った。

「……あなたの姿が日常的に見れなくなると、辛いね」

ずきゅん。

思いがけず飛んできた萌《も》えの矢に射貫かれ、麗華は悶絶《もんぜつ》しかけた。一気に顔に血が昇って来たせいで、心臓がバクバクと鳴っている。

カットソーの胸元をぎゅっと握り締めて、萌《も》え転がりたい衝動に耐えていると、桜井の大きい手が麗華の頬に触れた。

驚いてビクッとすれば、桜井は「ごめん」とでも言うように肩を竦《すく》めて、麗華の頬から手を離す。だが、微笑みを滲《にじ》ませた優しい表情でこちらを見つめたままだ。

「――これで私の見合い話とかいう誤解は、解けたのかな?」

「あ……」

そうだった。桜井の取締役社長就任の話が衝撃的過ぎて頭から抜けてしまったが、そもそも桜井のお見合いの話をしていたのだ。それを思い出し、麗華は背筋を伸ばす。

「は、はい！　誤解をして勝手に思い込んでしまい、申し訳ありませんでした」

つい部下の口調になって頭を下げると、頭の上に盛大な溜息が降ってきた。

「まぁ、その『部下』が抜けない態度の改善も、おいおいだなぁ」

「あ……！」

しまった、と思うものの、長年の上司で、憧れの人を前に態度を崩すのはなかなか至難の業《わざ》だ。

しゅんと肩を下げる麗華に、桜井はクスリと笑みを零《こぼ》す。そして、その額《ひたい》に、ちゅ、とキスを落とした。

「さ、桜井ぶちょ……！」

「辰郎、だろう？　ちゃんと名前を呼んで。麗華」

「たっ、たたたたた」

「どこかに走っていくみたいだなぁ」

ブハ、と噴き出して、桜井は真っ赤になって硬直する麗華を抱き寄せる。

自分がすっぽりと入ってしまうほど広い胸に抱き締められて、麗華の目にじわりと涙が滲《にじ》んだ。

——ああ、私、桜井さんを、好きでいていいんだ。

好きで、大好きで、恋い焦《こ》がれた相手を、忘れなくてはと右往左往《うおうさおう》してきた。

それでもどうしても忘れられなくて、田丸や両親など、いろんな人達に迷惑をかけてしまって、ようやく好きでいるしかないと、諦めることを諦めた。

でも、それは桜井がこちらを向いてくれると思っていたからじゃない。たとえ桜井が他の誰かと結婚してしまっても、片思いを続けていこうという覚悟ができたというだけだ。

それなのに、桜井のお見合い話は自分の思い込みによる誤解で、桜井は、なんと自分のことを好きだと言ってくれて——

両思いになった実感が急に胸の中で膨らんできた。嬉しくて、幸せで、安堵のあまり泣いてしまいそうになる。

「辰郎さん……」

涙の絡んだ声で呼びかけると、桜井の優しい唇が降ってきた。

唇を柔らかく啄《ついば》まれ、僅《わず》かに開いた歯列の隙間から、桜井の舌が侵入してくる。

最初は絡ませるだけの動きが、急に深くなって麗華を翻弄《ほんろう》した。

少しの息苦しさに、ぎゅ、と瞑《つむ》った目の際《きわ》から、涙が一筋零《こぼ》れて流れる。その感触すら、今はひたすら甘かった。

＊＊＊

誤解を解いたその後で、結局桜井は麗華を自宅へと連れて行くと言った。

両親がいない間に実家の敷居を跨《また》ぐのを桜井が良しとしなかったのと、ようやく想いが通じ合い、互いに離れがたかったからだ。

車に乗り込む時になって初めて、麗華はすっぴんに気の抜けた部屋着という自分の恰好に気付いた。桜井の隣にいるのがあまりにも不釣り合いでモジモジしていると、桜井に心配げに訊《たず》ねられる。

「どうしたの」

「……やっぱり一度戻って着替えてくれれば良かったです……」

ついでにメイクもして髪も整えたかった。

そう嘆息して両手で顔を覆えば、髪をくん、と引っ張られる。

手を下ろし横目で見ると、桜井が麗華の髪を一房手に取り、口付けているところだった。

「――っ!?」

ボッ、と火が点く勢いで顔を真っ赤に染めた麗華に、桜井が、ふ、と甘い笑みを目尻に滲《にじ》ませる。

「そのままでもあなたは十分過ぎるほど可愛いよ」

甘い。甘過ぎる。

恋人同士になった途端、アクセル全開で糖分過多な桜井の言動は、麗華のキャパシティをアッサリと超えてしまう。照れを通り越してもはや狼狽《ろうばい》している麗華は、必死になって反論する。

「かっ……可愛くなんかないですっ！　武装を解いたら、私なんて男の子みたいだし！で、でも、いつもなら、もっとちゃんとしてるんです！　さ、桜井さ……いえ、辰郎さんに教えてもらってから、ちゃんと武器になるよう、外見を取り繕《つくろ》う方法を習得しましたし！」

麗華が早口で捲《まく》し立てるのを、桜井は片腕を車のハンドルにかけて聞いていたが、やがて溜息を吐いた。

「あなたのそういうところを、少しでも楽にしてあげたくて言った助言だったんだけどね……」

「え？」

ぼそりと呟かれた言葉を聞き取れず首を傾げれば、桜井は上体を傾けて素早く麗華の唇を奪った。

ちゅ、という子どもにするようなキスでも、麗華の頭を更に錯乱させるには十分だ。

唐突なキスの意味が分からず目を瞬《また》かせる麗華に、桜井は真剣な表情で言った。

「俺があなたに『武器を身に着けろ』と言ったのは、あなたが自分に自信を持つきっかけにでもなればと思ったんだよ」

「え……」

きょとんとして桜井の顔を見返す。

桜井は、麗華の額《ひたい》にかかった髪を指の背で撫でつけながら、困った子どもを見るような顔で微笑んでいた。

「あなたは素のままで、とてもきれいなんだよ、麗華。それこそ、百人いれば九十九人はあなたを見てきれいだと言うだろう。外見もだが、あなたの内面が少女のように純粋で、きれいだからだ。人は純できれいなものに惹かれるものなんだよ」

かあああ、と更に麗華の顔に血が昇る。

なんだろう、この褒め殺しは。居《い》た堪《たま》れなさのあまり、本当に息の根を止められるかと思った。

これ以上顔に血が昇ると鼻血が出てしまいそうだから、切実にやめてほしい。そう内心で叫びながらも、現実には目の前の恋人を見つめることしかできない。

「だが世の中にはあなたのそのきれいさを妬《ねた》む者もいる。そして、きれいなものを汚してやりたいという欲望を抱く者も。俺は、そんな輩《やから》からあなたを守りたかった。だが、俺はあなたと同じ会社で働く同志で、しかも上司という立場だ。俺が動けば角が立つのも分かっていた。だから、あなたに強くなってもらいたかった」

ゆっくりと、優しく語られた言葉は、若葉に降り注ぐ春の霧雨《きりさめ》のようだった。

麗華の心に、身体に、じんわりと浸透していく。

桜井が『武器を身に着けろ』と言ってくれたのは、伊田の一件の後だ。

あの頃から、『守りたかった』と思っていてくれたのだ。

「そしてそれ以上に、あなたが自分でかけただろう、その呪いを解きたかった」

「の、呪い？」

急に出てきたお伽話《とぎばなし》のような単語に、麗華は首を傾げた。

意味が分からずにいる麗華の様子に、桜井はふ、と唇を皮肉げに歪める。

「そう。その自己評価の低さは、あなたが自分自身にかけた呪いだ」

「自己評価の、低さ……」

「身に覚えがあるだろう？」

問われて振り返れば、確かにこれまで桜井に同じ台詞《せりふ》を何度も言われてきた気がする。

だが麗華自身はそうは思っていない。むしろ正当な評価だと思う。

納得がいっていないのが表情で読めたのか、桜井はやれやれと言わんばかりにもう一度溜息を吐いた。

「どうして自分が『女神』なんて呼ばれているのか、ちゃんと考えたことはある?」

「若い子達が冗談みたいに言い出して……それで、女性が台頭するのを嫌う上の方達が、それを皮肉って言うようになったからですよね」

自分の見解を述べれば、桜井はポスンと手を麗華の頭に置いてニヤリと笑った。

「偏屈《へんくつ》な腹黒オヤジ達が、ただ気に喰わないだけの女性に『女神』なんて大層な二つ名を使うものか。あなたがこれまでどれだけ我が社に貢献していると思う? 営業成績はこの三年間トップに君臨し、過去最高の金額を打ち出している女性社員を、『女神』と呼ばずしてなんと呼ぶんだ。あなたがその名に相応《ふさわ》しい女性だと認めざるを得なくて、悔し紛《まぎ》れに皮肉ってみせているだけだよ」

麗華は困惑のあまり俯《うつむ》いた。

憧れの桜井に褒められ、認められても、それでも自分では納得がいかない。

だって、麗華が目指すのは、桜井その人なのだ。

「そんな……ありがとうございます。でも」

反論しかける麗華を、桜井は手を上げて止める。そして俯《うつむ》いていた麗華の顎《あご》に指をかけると、くい、と顔を引き上げて視線を合わせる。

桜井の黒い瞳が、眼鏡の奥から麗華を真っ直ぐに射貫いた。

「ねえ、麗華。あなたはどうして、自分をきれいだと思えないの？」

――私は、自分をきれいと思えない？

目を瞬《またた》かせながら、麗華は桜井の質問をなぞるようにして自問した。

そうして自然に出た答えは、『その通り』だった。

「――だって私は、きれいじゃないもの。『お姫様』には、なれないもの……」

どこか茫然としながら、麗華は口に出した。

そうだ。きれいじゃない。

きれいなら、私は『お姫様』になれたはずだ。

可愛くて、誰からも自然と手を差し伸べられて、守ってもらえる、そんな存在に。

だけど実際には、私は男の子みたいで、『お姫様』に手を差し伸べる立場だった。

それなのに『王子様』にもなり切れなくて、中途半端なまま、いつの間にか『お姫様』を醜《みにく》く羨《うらや》む『悪い魔女』のようになってしまっていて――

ポロリ、と雫《しずく》が目から零《こぼ》れ落ちた。

いつの間に涙が出ていたのか。悲しいことなんかなんにもないはずなのに。

呆気に取られながら、涙をポロリ、ポロリ、と零《こぼ》したままにしている麗華に、桜井がクスリと笑う。

「お姫様、ね。『お姫様は王子様と幸せになりました、めでたしめでたし』っていう、宿命論ってわけか。ナンセンスだね」

「……宿命論？」

鸚鵡《おうむ》返しをしながら、麗華はぼんやりとその単語の意味を思い出す。確か、全ての世の中の出来事はあらかじめそうなるように定められていて、人の努力ではそれを変更できない、というものだ。

だが桜井は、それを鼻で笑う。

「運命を信じていないわけじゃないけどね。全ての物事には理由がある。結論には、過程があるのと同様にね。運命は雨や雪のように、自然と降ってくるものなんかじゃない。自分で引き寄せて、掴み取るものだっていうのが、俺の信条だ」

力強く言い切った桜井に、麗華は涙を拭《ぬぐ》うこともせず、ポカンとした。

全ての事象を己《おのれ》の掴み取ったものだと言う桜井の強さに、圧倒されたのだ。

――ああ、この人みたいに、強く、しなやかでありたい。

どうしたらなれるのだろう。どうしたら、こんな風に運命すら自分のものだと言える強さを持つことができるのか。

羨望《せんぼう》にも似た憧憬《しょうけい》を抱いて桜井を見つめれば、桜井がふっと眼差しを緩《ゆる》めた。

「――ああ、麗華。どうしてそんなに可愛いんだ」

堪らない、と呻《うめ》くように言って、桜井が麗華の涙をキスで拭《ぬぐ》い取る。

「可愛い。麗華、可愛い」

ちゅ、ちゅ、と啄《ついば》まれる度に、愛おしむ言葉を紡がれて、麗華の頭の中がクエスチョンマークでいっぱいになる。

一体何が桜井の『可愛い』の琴線《きんせん》に引っかかったのか、皆目見当がつかない。

「あ、あの……」

なんとか声を上げれば、桜井はその唇をも塞いでしまう。

「ん」

そっと啄《ついば》まれ、柔らかな唇の肉を舐められて、歯列を割られる。ぬるり、と侵入してきた熱い舌は、優しく宥《なだ》めるように麗華の口内を舐《ねぶ》った。

柔らかく、真綿で包むようなキスだった。

桜井が自分を大切にしようとしてくれているのが粘膜を通して伝わるような、どうしようもなく甘く、愛おしいキス。

「――は」

優しくても、宥《なだ》めるようでも、桜井のキスには夢中にされてしまう。

ようやく唇が離れ、大きく呼吸をする麗華に、桜井は鼻をゆっくりと擦り合わせる。

「お姫様になりたい、っていうのは、女の子の共通する夢なのかな」

「――え……？」

麗華が目を瞬《またた》かせると、至近距離にある桜井の目が、僅《わず》かに弧を描いた。

「男は、王子様にはなりたいと思わないからな」

「……そう、なんですか？」

「そうだよ。大変なことになる。目も当てられないね」

「大変？」

「王子様になんかなったら、白いタイツを穿かなきゃならない」

言われて反射的に桜井が白いタイツを穿いている姿を想像してしまい、麗華は噴き出した。

それは確かに大変かもしれない。

「男は王子様じゃなくて、ヒーローになりたいものだからね」

クスクスと笑う麗華の髪を撫でながら、桜井は話し続ける。

「ヒーロー？」

「そう。悪者から愛する者を守るために、血と汗を流して戦う男のことだ」

少しおどけて眉を上げてみせる桜井に、麗華はふふっと笑みを零《こぼ》しながら頷いた。

王子様もヒーローのカテゴリーに入ると思ったけれど、きっと桜井の言うヒーローとは、戦隊物やアメコミといった、また別のジャンルなのだろう。

そういうヒーローに憧れる幼い頃の桜井を想像して、堪らなく可愛いと思った。

またクスクスと笑う麗華に、桜井はもう一度キスを落として、じっと見つめる。

「ねえ、麗華。だからあなたは、俺のヒロインなんだよ」

「……ヒロイン？」

どきり、と小さく胸が鳴って、麗華は訊《き》き返す。それに桜井は頷き、麗華の目の下のキメの細かい肌を味わうように撫でた。

「そう。ヒーローにとってのヒロインは、王子様を待つだけの可愛らしいお姫様じゃない。美しく賢く、時にヒーローを助けるために自分の身体を張れる女性のことだ。そんな女性だからこそ、ヒーローは自分も彼女に負けないくらい恰好良くありたいと頑張れるし、彼女を守るために戦える」

桜井の言葉に麗華は、自分の心の底に沈んでいた蟠《わだかま》りが、ひとつ、またひとつと、泡のように浮かび上がっては消えていくのを感じていた。

――辰郎さんは、私をきれいだと言ってくれる。『お姫様』じゃない私を、ヒロインだと言ってくれる。

「たつ、ろうさん……」

声に涙が絡んで、掠《かす》れた囁《ささや》き声になってしまったけれど、桜井は「うん」と返してくれる。

「俺はあなたを守るよ。あなたのためだったら、きっと空だって飛んでみせる。だから、ずっと俺の傍にいて」

ボロボロと、また涙が零《こぼ》れ落ちる。

瞬《まばた》きすらできず、麗華は声もなく泣いた。

桜井はそんな麗華の涙を指で拭《ぬぐ》いながら、もう片方の手で麗華の左手を取り、その薬指にそっとキスを落とした。

「俺と結婚してほしい」

ずっと恋《こ》い焦《こ》がれてきた人からの懇願は、そんなことを願うことすらおこがましいと思ってきて、だけどどこかで欲し続けてきた言葉で――

未だ信じられないと思いつつも、どうしようもなく嬉しいと心が歓喜する。

「はい……！」

震える心のままに、麗華は泣きながら頷いて、目の前の人に抱き付いたのだった。

＊＊＊

再び連れて来られた桜井のマンションで、麗華は大いに焦っていた。

「た、辰郎さん、お願いです。ちょっと待って……！」

「待てない」

玄関に入った途端、ガバリと抱き上げられてベッドルームへ一直線。ドサリと放り投げるようにベッドに転がされ、桜井に圧《の》し掛かられている。あまりの展開の速さに麗華はついて行けず、涙目になる。

必死になって逃げようとするのに、麗華の腰に馬乗りの桜井は余裕綽々《よゆうしゃくしゃく》、スーツの上着を脱ぎながら、片手でネクタイに指を入れて緩《ゆる》めている。しゅるりと首からネクタイを抜くと、次に眼鏡を外してサイドテーブルに置き、上体を屈めて麗華に顔を近づけてくる。

キスをされる、と察した麗華は、慌てて桜井の胸を押した。

「ま、待ってください！　私、まだ靴も脱いでいないのに！」

玄関で靴を脱ぐ間も与えられず、お姫様抱っこされてしまったため、ローヒールのパンプスが足に嵌まったままだ。

麗華の指摘に、桜井は器用に片方の眉だけをクイと上げると、麗華の足から水色のパンプスを脱がせてポイと放った。ふかふかの絨毯《じゅうたん》の上でパンプスがポスリと音を立てた後、桜井はもう片方も同じように脱がせてしまう。

「これで文句はないね」

唖然とする麗華に短く言い切ってニコリと笑うと、桜井は「では改めて」と、もう一度身を屈める。

「ちょ、まっ」

我に返った麗華が発した制止は、桜井の口の中に消えた。

桜井は性急に口内に舌を伸ばすと、麗華の小さな舌を絡め取る。

先程とは打って変わった荒々しいキスに、麗華は翻弄《ほんろう》されて息も絶え絶えになった。

幾度《いくど》かのキスで、すでに麗華の感じやすいところを熟知してしまっているのか、桜井は的確に麗華を弄《いじ》り、彼女の中の官能を高めていく。

不覚にもキスに夢中になっていた麗華は、その間に桜井の手によってカットソーもデニムも脱がされてしまっていることに気付かない。

唇を離されると同時に背中でふつりと何かが解ける感触がする。胸の圧迫感が消えて初めて、自分が下着姿にされていると知った。ブラが外され腕から抜き取られてしまう。

「っ、や、やだ！」

ハッとして思わず両手で胸を隠せば、両手首を桜井の大きな手に捕らえられ、顔の両脇に押さえつけられる。

「隠さないで、ちゃんと見せなさい」

低く甘く命令され、麗華は恐る恐る桜井を見上げた。

桜井は恍惚《こうこつ》とした表情で、麗華を眺め下ろしている。

薄く笑みを刷《は》いた美貌には、こちらを絡め取るような危うげな艶《つや》があった。

いつもの穏やかな紳士の表情とは打って変わって、ぎらりとした欲を孕《はら》んだ雄の目に、麗華はぞくりとする。それは怖気《おぞけ》ではなく、歓喜の震えだった。

——辰郎さんに、求められている。

愛しい男から求められる歓《よろこ》びに、麗華の身体から自然と抵抗が消える。

クタリと力を抜いた麗華に、桜井がくつりと喉を転がして笑う。

「そう、大人しくしておいで。これ以上焦らされたら、いくら俺でも理性を失って、酷くしてしまうかもしれない」

「ええっ!?」

空恐ろしいことをサラリと言って、桜井は麗華の手首を放した。自由になった手を、けれど麗華は動かすことはせず、じっと桜井の次の行動を見守る。

従順な麗華に満足気な笑みを浮かべると、桜井は両手で麗華の顔の輪郭をなぞり始めた。味わうように、確かめるようにその手は動く。

顎《あご》を滑り、細い首を撫で、浮き出た鎖骨の窪《くぼ》みを這《は》うと、張りのある双丘へと辿《たど》り着く。

「……ん、ぁあ、っ……!」

まろみのある乳房を掬《すく》い上げるように掌《てのひら》で持ち上げ、その上に乗った薄赤い乳首を指で摘《つ》まんだ。

両方の乳首から、ビリ、とした快感が全身に走る。

「んあっ」

思わず鼻にかかった声を上げた麗華に、桜井は笑みを深める。

そのままくりくりと指の腹で転がすように動かされ、強い快感に麗華は身を捩《よじ》った。

「っ……、だ、めぇ、やぁっ」

「嫌なの？」

桜井は意外だとでも言うように眉を上げる。

「じゃあこれは？」

問われて頭を下げると、弄《いじ》られてツンと立ち上がった乳首をパクリと食べられた。

「ひっ」

ちゅくり、とまるで赤ん坊が母親の乳を吸うような音を立て、熱い口内で小さな肉を転がされる。桜井の舌は、固く尖《とが》った乳首をころりころりとおもちゃにした。その度にじんじんとした熱い疼《うず》きが身体中に巡り、麗華の体温を上げていく。

麗華は漏れ出る嬌声《きょうせい》が恥ずかしくて、ぐっと奥歯を噛み締めて堪《こら》えるしかない。

それを知ってか知らずか、桜井が喉の奥で笑う気配がする。

「麗華。こっちを見て」

促《うなが》されてそちらを見れば、桜井の意地悪そうな笑みとぶつかった。

自分の柔らかな乳房を、桜井の骨張った大きな手が掴んでいる。彼の唇から赤く濡れた舌が顔を覗かせ、それと同じくらい赤くなってしまった自分の乳首が、白い歯を当てられてくにゅりと歪んでいる。

桜井の目は麗華を見つめたままだ。まるで観察するかのように。

あまりに卑猥《ひわい》なその光景に、麗華は脳が沸騰するかと思った。

「やだ……」

そう呟いて目を閉じようとした麗華を、桜井が優しく叱る。

「目を閉じてはダメだよ。ちゃんと見ていなさい」

「……あ……ああ……」

麗華の羞恥心《しゅうちしん》を煽るためなのだろうか。今度は口の中に含むのではなく、舌を出してちろちろと乳首が弄《いじ》られる様《さま》を見せつけられる。

何も生真面目に言われたことを守らなくてもいいのに、麗華は唇を噛みながらもその光景を見続けた。正直に言えば、目が離せなかったのだ。いやらしくて、恥ずかしいはずの行為を桜井にされていると思うだけで、心臓をきゅうっと掴まれるような心地がする。

それは痛みではなく、甘く重い痺《しび》れだ。

この甘い痺《しび》れをもっと感じたかった。もっと、もっと、欲しかった。

桜井に与えられるこれが快感だと、麗華はもう分かっている。

恋する男から与えられる快感に、抗《あらが》える女などいるのだろうか。

そこまで考えて、こんな理性的ではない物の考え方が自分の中に存在するだなんて、と麗華は内心驚いた。

だが、そもそもこと桜井に関して、自分が理性的な態度を取れたことがあっただろうか?

不毛だと分かっていながら、桜井への恋心を募らせるだけの年月。気が付けば三十へのカウントダウンが聞こえる現在まで、未だ処女のまま。彼がお見合いすると思い込んでもなお諦めることができず、妙な回り道をして結局は元の場所に戻ってくるという愚行。理性とはなんぞや、という話である。

「考え事か? ずいぶんと余裕だな」

ムッとした桜井の声とほぼ同時に、舐められていた乳首を強く吸われ、麗華は嬌声《きょうせい》を上げた。乳房を持ち上げるようにして掴んでいた大きな手に力が籠もり、盛り上がった張りのある肌に歯を当てられる。

「あうっ……」

皮膚に強く押し当てられる硬質な感触に、なぜかじわりとした痛みを感じた。

瞬間、パチッと脳裏に映像が閃く。

「……あ――!?」

まるでそれが合図だったかのように、麗華の頭の中に甦《よみがえ》ったのは、あの夜の記憶だった。

桜井と呑みに行って、泥酔し、いつの間にか桜井のベッドにいて――そう、丁度このベッドだ。

そしてキスをされて、あられもない声を上げて……桜井に丹念に愛撫され、はしたなくも達したところで記憶は途切れている。

――私、辰郎さんに、そんなことをされていたんだ……！

その事実を知って、麗華は羞恥《しゅうち》のあまり震え上がった。紳士である桜井だ。意識のない女性に最後まで致してはいないだろうが、睦《むつ》み合ったことは事実だ。お酒のせいとはいえ、こんな大事なことを忘れているなんて、本当に自分はどうかしている。ふと、そこであることに気が付いた。

自分が処女だということである。

――どうしよう！　二十八にもなって処女とか、引かれるかもしれない！

「あ、ま、待って、辰郎さん……！　わ、私、今……」

この期《ご》に及んでそんな心配が膨らんでしまい、麗華は狼狽《ろうばい》のままに桜井の頭を手で退けようとした。

邪魔をされた桜井の方は、当然ながら不満顔だ。

覆い被さっていた上体を起こし、麗華を見下ろした。

「どうしたの」

「あ、あの、その……」

なんと説明すべきか、と目を泳がせて、やはりそのまま話すのが良いだろうと結論付けて、桜井を見上げる。

「お、思い出したんです。あの夜のこと」

「……今？」

その言葉だけで、麗華が言わんとしていることを察した桜井は、拍子抜けしたように眉を上げた。

麗華は黙ってコクリと頷く。

「あの夜、俺はあなたを最後まで抱いていないんだよ。それも思い出した？」

「は、はい」

「じゃあ、俺がどれくらいあなたに餓えているかも、分かってくれるよね？」

「え……ええ!?」

にっこりと満面の笑みで言われた内容に、麗華は目を白黒させて素《す》っ頓狂《とんきょう》な声を上げた。

　すると、桜井はさも当然かのように肩を竦《すく》める。

「自分を尊敬と憧れの眼差しで見つめる可愛い部下に手を出せず、悶々《もんもん》と見守るだけの日々。ようやく念願叶って抱こうとすれば途中で寝落ち。据え膳食えなかっただけじゃなく、翌朝には忘れられているときた。これを拷問と言わず、なんと呼ぶのか、教えてくれないかな？」

「ひ……！」

　喋《しゃべ》る桜井の表情が鬼気迫るものに変わっていき、麗華は思わず悲鳴を漏らした。

「で、でも、わ、わたし、その」

　桜井が我慢を強いられてきたのは、迫力満点のその表情でなんとなく理解できた。

　だが、それとこちらの事情は別なのだ。

　何しろ、こちとらピッカピカの処女である。引かれたり、面倒臭いと少しでも思われたら、立ち直れる気がしない。

　まだしどろもどろに逃げ腰になる麗華に、桜井はスッと目を眇《すが》めた。

「この期《ご》に及んで、まだ逃げるつもりかな？　手加減をするべきかと思っていたが、やめた」

「あっ……！」

桜井はムスッとした口調でそう言って、荒々しくキスを落とす。問答無用で入って来る舌は、今度は自分の存在を刻むような性急さで麗華の舌に絡み付く。桜井の手が白く艶《なま》めかしい裸体を這《は》い回った。

肋《あばら》のうっすらと浮いた皮膚の薄い場所を、骨張った手が覆うように何度も撫でる。時折爪で引っかくように肋骨の感触を確かめられる度、麗華の背筋にぞわりと甘い疼《うず》きが走った。

貪《むさぼ》るようなキスはいつまでも止まず、麗華がくったりとなった頃、桜井はようやく唇を外した。

荒い呼吸を繰り返す麗華とは対照的に、桜井は呼吸を乱すこともなく、キスで濡れた口の端を親指でグイと拭《ぬぐ》っている。

「いい顔だね」

桜井は馬乗りの状態のまま麗華を見下ろし、くっと笑う。

そのまま自分のシャツのボタンに手をかけ、ひとつ、またひとつと外していく。胸元から、桜井の引き締まった裸体が露《あら》わになるのを、麗華は息を呑んで見つめた。普段なら男性の裸など直視できないが、この時ばかりは違った。桜井の身体は美しい。

がっしりとした骨格、関節に浮き出た骨の太さ、滑《なめ》らかな隆線を描く筋肉、その肢体に走る血管に至るまで、まるでギリシア彫刻のように全てが美しい。

――すてきだわ……

羞恥心《しゅうちしん》も忘れて見入る麗華に、桜井は袖のボタンを外しながら意地の悪い眼差しを向けて、ニタリと口の端を上げる。

その笑みの壮絶な色気に、麗華の喉が、知らずごくりと鳴った。

袖のボタンを外し終えた桜井は、麗華と目を合わせたまま僅《わず》かな動きでシャツを脱ぐと、それを無造作にベッドの下に落とした。

「男のストリップはお気に召したかな？」

低く囁《ささや》かれ、麗華はカッと頬を染めた。桜井の脱衣をじっくりと観察してしまっていた自分に気が付いて、猛烈に恥ずかしくなったのだ。

「ご、ごめんな――」

「しっ」

慌てて目を逸らし謝ろうとすれば、桜井が人差し指を麗華の唇に当てて黙らせる。

「謝る必要はない。ベッドの上では何をしたって構わないんだよ。あなたの目が俺に向いている限り、ね」

「そ……」

それはどういう意味ですか、と訊《き》こうとして、麗華は絶句した。

桜井がおもむろに自分のベルトのバックルに手をかけたからだ。

カチャリという金属音が、やけに生々しく部屋に響いた。黒の太い革ベルトに桜井の指がかかり、シュルリとバックルから外される。黒い革は、だらりとスラックスに引っかかり揺れていた。

桜井の指は更に動く。スラックスの留め金が音もなく外され、そのままファスナーが下ろされた。

半ば唖然として、麗華はその一部始終を見つめていた。

寛《くつろ》げられたスラックスから、黒い下着が見える。ボクサーブリーフと言われるものなのだろう。

そしてその黒い布地が張り詰めたように盛り上がっているのは、つまり――

眩暈《めまい》がしそうになりながらも目が離せずにいる麗華に、桜井は嫣然《えんぜん》と笑う。

「あなたが欲しくて、もうこんなだ」

「……、ぁ、ぅ」

なんと答えるべきなのか皆目見当がつかず、麗華は呻《うめ》き声を上げるしかない。

赤子のような有り様《あさま》の麗華に、桜井は再びニタリと笑うと、麗華の手を取り指先にちゅ、と口付けた。そしてその手を、なんと己《おのれ》の張り詰めた部分に持って行ったのだ。

「ひっ」

「酷いな」

仰《の》け反りそうになった麗華に、桜井が苦笑を漏らした。

咄嗟《とっさ》に握り込んでしまった麗華の手を宥《なだ》めるように撫でる。

「麗華、これじゃ俺も痛いよ。手を広げてごらん」

「えっ、あっ」

痛いと指摘され慌てて手の力を緩《ゆる》めると、桜井の指が手の甲を包み込んで再びそれの上に被せた。

今度は悲鳴を上げはしなかったが、顔に血が昇るのは止められない。

顔中が沸騰しそうになりながら、麗華は掌《てのひら》に桜井の昂《たかぶ》りを感じる。

布越しに感じる桜井は、熱く、硬く、とても大きい。下着の中でどこから続いているのか分からないが、よくよく見れば、下着のウエスト部分から先端と思われる部分がはみ出していた。長さも相当あるのではないだろうか。

――こ、こんなものが、私の中に……!?

顔に昇っている血が、あっという間に下がっていくのを感じた。

「むっ、無理です！　入りません！」

「――え？」

顔色を失くしてブンブンと首を振る麗華に、桜井が怪訝《けげん》な声を出す。

「無理です！　こんな大きいの、入りません！　だって、私、初めてなんです！」

引かれたり、面倒だと思われたら――などという心配は全て吹き飛んでいた。それくらい、見えてしまったものが凶暴だったのだ。

桜井の昂《たかぶ》るものに触れたまま、涙目で嘆願するという色気皆無の構図に、しかし必死な麗華は気付く余裕などない。

桜井は何が可笑《おか》しかったのか、ブハ、と噴き出して震えている。

そのまま前のめりになって麗華の上に覆い被さると、ぎゅっと麗華を抱き締めた。裸の首筋に顔を埋《うず》める形で、ダイレクトに彼の匂いを嗅《か》いでしまい、麗華はまたもクラクラとしてしまう。

だが、桜井が笑いを押し殺して未だ震えていることに、さすがの麗華もムッとしてしまう。

「わ、笑わないでください！」

「ああ、本当に、あなたは予想がつかない！」

「辰郎さんってば！」

恥ずかしさを誤魔化すように憤慨してみせれば、笑いを収めた桜井が優しく額《ひたい》にキスをくれる。

「あなたが初めてだってことくらい、最初から予想はしてたよ」

「えっ⁉」

ビックリして目を瞬《またた》かせた。

そんな麗華の表情に、桜井はまたクスクスと笑う。

「これまでどれくらい見てきたと思っているのかな。あなたの初めてが俺で、凄く嬉しい」

桜井の言葉で、自分の中の重たい鎧《よろい》が剥《は》がれてなくなっていくのを、麗華は感じた。

桜井に拒絶されるかもしれないという怯《おび》えが、彼の愛情によって甘く溶かされていく。

「た、たつろう、さん……」

「大丈夫。入るよ。麗華は俺のために生まれてくれた女性だからね」

「へ……」

言われた台詞《せりふ》が少し突飛な愛の告白だったように思えて、麗華は目を瞬《またた》かせる。桜井は甘い笑みを浮かべたまま、眼差しに鋭さを滲《にじ》ませた。

「あなたは俺の運命の相手だ。あなたを見つけてから何年待ったと思っている?」

「え……?」

ポカンとしてしまっている麗華に、桜井は苛立たしげに唇を歪めた。

「どれだけ俺がアプローチをかけても、あなたはあさっての方向に解釈してことごとくスルーしてくれた。自己評価の低さ故《ゆえ》のことだろうと推測できたから、あなたの気持ちが整うのを待つことにしたんだ。おかげで害虫を駆除することに腐心することになったがね。まあその甲斐あって、ウチの会社であなたを狙う愚か者はいなくなったが」

フン、と鼻を鳴らして言い捨てる桜井を、麗華は呆気に取られて見つめることしかできなかった。

――え、害虫を駆除って……？　愚か者って……？

目を真ん丸にしたまま、口を開いたり閉じたりしている麗華を、桜井は眉間に皺《しわ》を寄せて見下ろす。

「信じられないといった顔だね」

「……だ、だって、そんな……！　私なんかを狙う人なんか……！」

「ホラ、まただ」

自己評価の低い発言だと指摘され、麗華は慌てて口を噤《つぐ》む。

狼狽《ろうばい》といってもいいほどオロオロとしている麗華に、桜井は深い溜息を吐いた。

「あなたを最初見た時から、可愛いと思っていた。利発でセンスがいいのに、それを生かし切れない不器用さがもったいないと感じたな。だが伸び代が誰よりもあると感じたから、育てようと思った。俺の見込んだ通り、あなたは俺の教えたことをスポンジのように素早く吸収していった。どんどん綺麗になって、社会人として、そして女性として成長していく姿を見ていく内に、あなたを見る他の男の目を潰したい衝動に駆られるようになった」

「えっ」

途中までは胸がいっぱいになるような言葉だったのに、急に不穏な展開になって、麗華はぎょっとした。何がどうしてそうなった。

桜井はどこか切なそうに麗華を見つめている。

「誰の目からも隠して、俺だけしか見れないようにしてしまいたい。そう思う自分に気付いて、我ながら呆れたよ。上司としてあなたの魅力を発揮できるよう指導してきたのは他ならぬ自分自身だっていうのにね。でも、それで気付いたんだ。俺はあなたを、ひとりの女性として好きなんだって」

少しはにかむような表情で麗華の目を真っ直ぐに見つめ、桜井は告げる。

女性として求められていたと言われ、信じられない気持ちと同時に、素直に嬉しく思う。

「辰郎さん……」

声を詰まらせる麗華の頬を両手で包み、桜井は額《ひたい》を合わせてゆっくりと囁《ささや》く。

「麗華、好きだよ。運命は自分で決めるものだと言っただろう？　これまで生きてきて、誰かをこんなにも欲しいと感じたのは、あなただけだ。だから、俺はあなたを運命と決めたんだ。だから、俺を信じて、身を委《ゆだ》ねてほしい」

真摯《しんし》に請われ、嬉しさと感動からコクリと頷いてしまってから、麗華はハッとした。

──それとこれとは話が違う……！

だが言質《げんち》を取ったも同然とばかりに、桜井はニッコリと笑うと、麗華の太腿を両手で掴み、脚をぱかりと開かせた。

「あっ……！」

先程あれよあれよという内に脱がされて、麗華は一糸まとわぬ姿だ。脚を割り開かれれば、当然ながら恥部があられもなく見えてしまう。羞恥心《しゅうちしん》に駆られて脚を閉じようともがいたが、桜井の腕はビクともしない。

「麗華。俺に委《ゆだ》ねると言っただろう」

やんわりとした口調で、だが膝裏を掴む手の強さはそのままに言われる。麗華は半分泣きながら力を抜いた。

「いい子だ」

クスリと笑って褒められても、羞恥心《しゅうちしん》は消えない。せめてもの反抗に、麗華は両手で自分の顔を覆った。

桜井は「こら」と言ったが、結局譲歩してくれたようで、それ以上は言わない。

ホッとしたのもつかの間、ありえない場所に吐息がかかって仰天した。

「きゃ……！」

上半身を起こすより先に、麗華の脚の間に顔を埋《うず》めた桜井に、そこをべろりと舐め上げられる。

「ひっ」

温かく湿ったものが自分のそこを這《は》う感触に、麗華は仰《の》け反った。

桜井は容赦がなかった。

一度秘裂全体を舐め上げた後、その上にある花芽を舌先で弄《いじ》る。最も快感を拾いやすい場所を刺激され、麗華はビクビクと四肢を引き攣《つ》らせた。

「あ、や、やめて、たつろ、さ……！」

「ああ、麗華のクリトリス、可愛く膨らんで、真っ赤だよ。気持ち好《い》いんだね。もっと可愛がってあげよう」

「やぁっ……！」

そうじゃない、と首を横に振るのに、桜井はお構いなしだ。

絶え間なく弄《いじ》られ、その場所からじんじんと熱が生み出されていく。その熱によって、固まった蜂蜜が溶けるように、自分のお腹の奥深い場所が潤《うる》んでいくのが分かった。

桜井が薄く笑う。

「ああ、溢れてきたね」

嬉しそうに呟いて、桜井が指で花弁を割り開く。桜井の唾液ですっかり濡れそぼっているそこに、ちゅ、と口付けられる。

麗華はほとんどパニックを起こしかけていた。そんな場所を、よりにもよって桜井に晒《さら》した上、舐められているのだ。頭が爆発しそうなのに、身体は桜井の与えてくれる快感に歓《よろこ》び震えて、もっとその先を待ちわびてしまっている。

桜井は、舌の先で蜜襞の形をなぞるように舐め上げると、じゅるりと音を立てて蜜口に吸い付いた。

「ひぅっ」

桜井は隘路《あいろ》に舌を差し込み、中を解《ほぐ》すように蠢《うごめ》かした。まだ誰も受け入れたことのないそこは、違和感を伴いながらも辛《かろ》うじて舌を挟み込み蠕動《ぜんどう》している。

更に花芽がある場所に桜井の鼻が当たってしまうため、動く度に擦られて、麗華は気が変になりそうだった。

「あ、あぁ、も、ああ」

ゼンマイ仕掛けのオモチャのように、麗華は桜井の手の中であられもなく声を上げる。

中から桜井の舌が抜け、代わりにもっと長さのあるものが、にゅちりと入って来た。

「んあっ」

舌よりもずっと硬質なそれは、桜井の指だろう。それは、麗華の中を擦るように行ったり来たりして、中から出てくる蜜を掻き出すような仕草をしている。

自分の中に何かが入っているという違和感に気を取られていた麗華に、桜井がお仕置きとばかりに花芽に吸い付いた。

「ああっ！」

再開された敏感な場所への愛撫に、バチン、と身体の奥で何かが弾けた。

光に淩《さら》われたように全身の感覚が消えた瞬間、柔らかなベールのような快感に覆われる。じんわりと広がって消えていく愉悦に半ば茫然としながら浸《ひた》っていると、桜井が身を起こし、麗華の額《ひたい》にキスを落とした。

「上手にいけたね」

小さな子どもにするように褒められ、そうか、これが達するということなのかと、ぼんやりと思った。

未だ余韻に震える麗華に微笑むと、桜井はサイドボードに腕を伸ばす。そして引き出しから小さな銀色のパッケージを取り出し、その端を歯でピッと引き裂いた。

温厚な桜井らしからぬ乱雑な仕草に、麗華は驚いて目を上げる。すると、こちらに射るような眼差しを向ける桜井と目が合った。

滅多に見ることのない、余裕のない桜井が、そこにはいた。

目を見開く麗華に桜井はぎこちなく笑うと、「すまない」と短く謝った。

「あと少し時間をかけるつもりだったんだが……もう待てない」

艶《つや》やかなバリトンが、僅《わず》かに掠《かす》れている。

いつもとは違う桜井の様子に、麗華の胸がきゅうっと掴まれた。

それくらい自分を求めてくれているのだ。誇らしい気持ちと、泣きたいくらいに嬉しい気持ちで、胸がいっぱいになる。

その感情に突き動かされるようにして、麗華は両腕を桜井に向かって広げた。

「嬉しい、辰郎さん」

がっしりとした首に腕を回せば、桜井が目を見張っていた。

「抱いてください。もっと、あなたを感じたい……」

恥ずかしさは、不思議となくなっていた。

ただ、桜井が愛しかった。彼をもっと傍に感じたかった。

心のままにそう告げれば、桜井はクッと眉根を強く寄せて、唸《うな》り声を上げる。

「この……小悪魔め！」

意外な言葉を言われ、麗華は目を瞬《またた》かせた。

「小悪魔？」

それは自分のことだろうか。まったくもって当て嵌まらないのだが、とキョトンとした顔をする麗華に、桜井が更に唸《うな》った。

「自覚がないのが、一番性質《たち》が悪い！」

憤懣《ふんまん》やるかたないとばかりに言い捨てると、噛み付くようなキスをしてくる。

「煽ったのは、あなただからな。手加減は期待しないでくれ」

息もできないほど口内を貪《むさぼ》られた後、そんな宣言をされて、麗華は目を白黒させた。

どういうことだ。煽った覚えは全然ない。

唖然とする麗華を尻目に、桜井は手早く避妊具を装着する。恥ずかしいながらも、好奇心からそっと目を向ければ、腹に付くほど反り返った肉竿が目に入って、息を呑んだ。保健体育の授業で見た解剖図で、男性器の形は知っていたが、実物を見たのは初めてだった。

隆々と長く太い竿、張り出した笠、避妊具を被せていてもはっきりと分かる血管の隆起に、想像よりもずっときれいだと感じた。もっとグロテスクなものだと思っていたのだ。

これが自分の中に入るのだと思うと、ごくりと喉が鳴った。

恐怖からではない。

避妊具を装着し終えた桜井が、こちらをぎらりと見遣る。

その眼差しに、ぞくりと全身に震えが走った。

――私、興奮している。

先程はあんなに怖いと感じたのに、いざ貪《むさぼ》られようとしている今、感じるのはひたすらに欲望だった。

——彼が欲しい。

自分の中にじくじくと欲が燻《くすぶ》っているのが分かる。ぽっかり開いた虚《うつ》ろを埋めてもらうのを、涎《よだれ》を垂らして今か今かと待っている。

——早く。早く。

男を知らない自分が、こんな欲を抱えているなんて。

自分も知らない己を、桜井は引き出してしまう。

それを悔しく思う一方で、でも、と麗華は思う。

ギラギラとした目で麗華に飛びかからんばかりの桜井を見て、微笑んだ。

——きっと、こんなに余裕のない辰郎さんを見られるのは、私だけなんだわ。

そんな根拠のない自信が自分のどこから湧いてきたのかと、理性的な自分が嘲笑《あざわら》う。

けれど、麗華には自分の感覚が間違っていないのだと思えた。

「辰郎さん、早く」

口をついて出た催促に、桜井が舌打ちを返す。

「……やっぱり小悪魔だな」

そう言って桜井は、麗華に覆い被さる。男の重い身体を抱きとめ、キスをされながら、熱く硬い昂《たかぶ》りが、自分の脚の間に宛てがわれるのを感じる。

麗華の蜜に己を馴染ませるように数回そこを滑らせた後、ぐっと入り口に押し当てられた。

「いくよ」

唇を合わせたまま、桜井が低く宣言する。麗華はそれに答える代わりに、舌を伸ばしてキスを強請《ねだ》る。桜井は喉の奥でくぐもった笑い声を上げて、すぐさま応えてくれる。

夢中になって舌を絡め合う中、ゆっくりと桜井が腰を押し進めた。

入り口でぐっと留《とど》まる圧迫感に、麗華の眉根が寄る。

桜井は少しでも苦痛を与えまいとしているのか、小刻みに引いては押し、押しては引くを繰り返してくれる。

「力を抜いて、麗華」

「……っ、ごめん、なさっ……わから、な」

どこにどう力を入れてしまっているのか、自分でも分からない麗華は、涙目で首を横に振る。

桜井は麗華の下がった眉にキスをして、「仕方ないな」と笑う。

そして律動に合わせて揺れる麗華の乳房に顔を寄せ、赤く色づいた乳首に吸い付いた。

「んっ、あっ」

一度桜井に快楽を教えられた胸の先は、物覚えがいいのか、再び与えられた快感を簡単に拾う。赤ん坊のように吸われ、もう片方も指で捏《こ》ね回されると、麗華の中にまた熱が籠もり始める。

「ああ、いいね。また溢れてきた」

じわり、と滲《にじ》み出てきた愛蜜に、桜井が嬉しそうに呟いた。

桜井は麗華の脇に肘をつき、両手で胸の尖《とが》りを弄《いじ》りながら、麗華の耳を食む。びちゃり、と粘ついた水音が鼓膜に大きく響いて、麗華はぞくぞくとした。

快感が身体の中に溜まって、身がずくずくに蕩《とろ》けていく。

「少し強くするよ」

そう宣言すると、桜井が鋭く腰を打ち付けた。

「あっ！」

ぐぷり、と閉じていた秘裂を割って、熱い塊が入り込むのが分かった。

違和感としか言いようのない感覚だったけれど、桜井の一部が自分の身体の中にあることに歓《よろこ》びが湧き起こる。

ハッ、と荒く息を吐いた桜井が、額《ひたい》に汗を滲《にじ》ませて麗華に微笑みかけた。

「あ……入った、んです、よね……？」

微笑みに安堵して訊《たず》ねると、桜井は少し困ったような顔をする。

「そうだね。先だけだけど」

「先……？」

「そう。カリの部分まで……って、分かるかな」

恐らくキノコの笠のような部分のことだろうと見当付けた麗華は、こくりと頷いた。

「うん。一番太い部分が入ったから、きっと問題ないよ。でも、痛いのはここからだと思う」

言われて、麗華は心持ち青褪《あおざ》める。だが確かにこれまで圧迫感はあったものの、痛みはない。初体験の折には相当な痛みがあると、何かの本で読んだことがある。勿論《もちろん》、程度は人によるのだろうが。

「大丈夫？」

心配げに頬を撫でられて、麗華は桜井を見つめた。

「大丈夫です」

存外しっかりした声が出せてホッとする。桜井も表情を緩《ゆる》めていた。

「良かった。ダメって言われても、俺が無理だった」

上司の桜井でも、紳士の桜井でもない、素のままの笑顔を向けられ、麗華の胸がどきんと音を立てる。

「ごめん。痛いと思うけど、早くあなたの中に入りたくて仕方ない」

耳元で囁《ささや》かれ、再びぐうっと押し入られる。

ぎゅうっと閉じた隘路《あいろ》を押し開かれる圧迫感に、麗華の眉根が寄った。肉襞が蠢《うごめ》いて、侵入する異物を押し出そうと蠕動《ぜんどう》する。

「んっ……ん、ふ、ぅうっ、ふ……」

身体を開かれていく感覚は、あまりにも鮮烈だった。

生理的な涙が目尻を伝う。

「……ハッ、麗華……」

それでも先へと進もうとする桜井は、息を荒らげていた。

穿《うが》つ腰も次第に荒々しくなっていき、その律動に揺さぶられる麗華は、息も絶え絶えだ。

必死でしがみ付く桜井の背中にはびっしりと汗が浮かんでいる。案の定、ずるりと滑った麗華の手を、桜井が握って枕に押し付けた。

「ごめん、麗華……！」

叫ぶように言った桜井の目が、険しく眇《すが》められている。

瞼《まぶた》の隙間から見える桜井の瞳に、はっきりと映った満悦の喜色。それに目を奪われた瞬間、一気に貫《つらぬ》かれた。

「ああっ！」

鋭い痛みが、全身に響いた。

まるで雷を落とされたかのような、衝撃にも似た痛みだ。

四肢を引き攣《つ》らせ、荒く呼吸をする麗華を、桜井がそっと抱き締める。

「大丈夫？　麗華」

言いながら、麗華の額《ひたい》に何度もキスを落とし、髪を撫でてくれる。

自分の身体を包むように抱き締める桜井の温かさに、そして優しく触れてくれる手や唇の感触に、麗華の身体がゆっくりと弛緩《しかん》していく。

深呼吸を繰り返すことで痛みの余韻を逃がした後、麗華は震える手でそっと桜井の頬に触れた。

「ぜんぶ、入りました……？」

麗華の問いに、桜井はくしゃりと顔を歪めて笑った。

「ああ。これで、麗華の一番奥に、俺が残る」

うっとりと言った桜井の目の奥に、ひどく凝《こご》った執着を見た気がして、麗華はどきりとした。

桜井が自分を頭から呑み込もうとする猛禽類《もうきんるい》のように思えてくる。捕食される小動物は、こんな気分なのだろうか。

だが、麗華にはそれすらも歓喜に思えた。

桜井にならば貪《むさぼ》られたい。頭からバリバリと食べられて、自分の細胞のひとつひとつが、彼と同化してしまえばいい。

隠されていただろう、己《おのれ》のそんな願望が露《あら》わになって、麗華は内心驚く。

だが、それは至極当然の望みで、愛する者とひとつになりたいという願望があるから、人は愛し合うのだろう。

そう考え、麗華は満面の笑みを浮かべた。

「残してください。あなたの痕《あと》を、私を覆い尽くすほど」

麗華の言葉に、桜井が目を見張る。

そして、花が綻《ほころ》ぶように、妖艶《ようえん》に笑った。

「お望みのままに。俺の女神」

掠《かす》れた低い声でそう囁《ささや》いて、桜井は律動を再開した。

開かれたばかりの隘路《あいろ》に、みっしりと埋まった熱い楔《くさび》。ぎちりと音を立てそうなほどキツイながらも、麗華の蜜襞は桜井を包み込む。

そして桜井の動きを助けるように、麗華の奥から愛蜜が蕩《とろ》け出す。

ギシギシとベッドの軋《きし》む音と、はしたない水音。

響く嬌声《きょうせい》と、荒い呼吸。

密着する肌と肌から立ち昇る熱気で、部屋の空気が濃密になる。

桜井の硬く熱い肉が自分の虚《うつ》ろを穿《うが》つ度、痛みとは違う、きらめく星に似た快楽の灯が身の内側に灯されていく。

麗華の最奥を突いた桜井が動きを止め、そのまま子宮を抉《えぐ》るように腰を押し付けた。

「あっ……」

麗華は腕を伸ばして桜井の首に絡め、その逞《たくま》しい身体を引き寄せて抱き締めた。

「愛してる、辰郎さん」

思わずそう言うと、愉悦に耐える桜井が笑みを滲《にじ》ませた。

「愛してるよ、麗華」

キスを繰り返しながら、桜井が愛しげに告げる。

その告白に、麗華の蜜路が歓《よろこ》ぶかの如《ごと》くうねった。まるで楔《くさび》を咀嚼《そしゃく》するように蠢《うごめ》く肉襞に、桜井が息を呑んで何かを堪《こら》える。

だがそれを嫌がるように、麗華が身をくねらせた。

「あ、や、辰郎さん、お願い……！」

自分で何を求めているか分からなかったが、桜井は眉根を寄せつつも応えてくれる。

「あっ、あぁ、ん、あ、ああっ」

中にいる桜井が、更に膨れ上がって存在感を増す。それに驚いた蜜筒が、弱々しく震えたのをきっかけに、桜井は唸《うな》り声を上げて激しく動き出す。

「ひぅんっ、ああっ」

強く、深く、自分でも触れたことのない奥まで、何度も何度も桜井を受け止める。次第に麗華は全身が甘く痺《しび》れていくのを感じた。

「あ、あ、あああっ……！」

「麗華っ……！」

桜井が名を呼んで、最後に重い一突きをした後、麗華の中で爆《は》ぜた。

どく、どくと、脈打つそれを、どうしようもなく愛しいと思い、麗華は急に押し寄せてきた倦怠感《けんたいかん》に瞼《まぶた》を閉じる。

「ようやく、手に入れた」

吐き出すように笑った桜井の言葉をどこか遠くに聞きながら、ゆっくりと意識を手放したのだった。

10

青空が広がる日曜日に、チャペルの鐘の音が高らかに鳴り響いた。

ドレスやスーツを着た一団が待ち受ける中、教会の扉がゆっくりと開く。そこから、純白のドレスの花嫁と、白いモーニングを着こなした長身の花婿が姿を現した。

ワッと歓声が上がり、皆が色とりどりのライスシャワーを新婚夫婦に向かって投げる。

囃《はや》し立てる声。ひやかす声。鼻にかかった泣き声。はしゃぐような笑い声。

どれも全て、二人を祝福する声だ。

「ブーケトスだよ！」

誰かが叫んだ声に、きゃあっと女性達の歓声が上がる。

花嫁が笑いながら後ろを向き、その前に可愛らしい砂糖菓子のような女の子達が並んだ。

それを少し遠くから眺めている麗華に、背後から長身の男性が肩を叩く。

「あなたは行かなくていいの？」

からかうような物言いに、麗華はクスリと笑って肩を竦《すく》めた。

「ブーケトスに並んでいいのは、独身女性だけですよ」

「おや。美しい人だと思って声をかけたのに、すでにご結婚されていたのか。その相手はずいぶんと幸せな奴だな」

至極残念そうに溜息を吐く相手は、仕立ての良い三つ揃いを厭味《いやみ》なく着こなした、海外モデルばりのスタイルの持ち主だ。おまけに四十を超えているとは思えないほど若々しい美貌の主ときている。

あくまでおどけてみせる彼に合わせて、麗華はにっこりと微笑んでやる。

「ええ、とても幸運なんです。彼も、私も。出会えたことは、きっと運命なのね」

麗華の嫣然《えんぜん》とした笑みに、相手はニヤリと口の端を上げる。

「妬《や》けるな。どこのどいつだろう、その幸運を掴んだ男は」

「目の前のあなたよ、辰郎さん」

そう指摘すれば、桜井はちゅ、と盗むようにして麗華の唇にキスをした。

「もう！」

人前でキスなど、社会人としてはありえない行動だ。しかもこの結婚式は、三楽の後輩のもので、集まっている人達の大半は社内の人間なのに。

麗華がしかめっ面《つら》をして怒れば、桜井は笑って片目を瞑《つむ》ってみせる。

「たまには妻といちゃついたっていいじゃないか」

「たまにって……！」

麗華は憤慨しかけて、周囲の目があるのを思い出して口を噤《つぐ》む。

たまになはずがない。

外では礼儀正しく温厚な紳士である桜井だが、家に帰ると違った。いつでもどこでも妻を猫可愛がりして構いたがる溺愛体質であることが、結婚して同居した早々に判明したのだ。

そして結婚して二年になるが、未だにそれが続いている。毎日のようにいちゃついているくせに、まだ足りないと言うのか。

「人の目があります」

「俺達なんか誰も見てやしないさ」

　飄々《ひょうひょう》と言った桜井に、別のところから反論が飛んできた。

「見てましたよ、桜井ご夫妻。公然の場でイチャコラ禁止、ですよ！」

　意地悪そうに、ふふふ、と笑みを漏らしながら歩んできたのは、黒いスーツ姿の金髪碧眼《へきがん》男性と、サーモンピンクのドレスに身を包んだ愛らしい女性だ。五崎の腕には、金の髪をした天使のような男の子が抱かれている。

「五崎さん、依子ちゃん！　莞爾《かんじ》くんも！」

「お久し振りです、藤井さん——っと、もう桜井さんですね」

　慌てて口許《くちもと》を押さえる依子に、麗華はクスリと笑みを返した。

「あなたもね、五崎さん。でもややこしいから、お互い下の名前で呼びましょう」

　依子と五崎は、麗華達よりも先に結婚していた。

　どうやら授かり婚だったようだが、なんでもそれを迫ったのは五崎の方だとか。理由はよく分からないが、五崎の依子を見る目の甘さと、彼に自然と寄り添う依子の姿を見れば、おのずと答えは出た。何より、その『授かり者』である二人の息子、莞爾の愛らしさが、彼らが幸せである証拠に他ならない。

「やあ、五崎さん」

「こんにちは、桜井さん。ご無沙汰してます。どうですか、姫岩の椅子は」

「うーん。まあ、まずまずかな」

男性二人は顔を合わせるなり、仕事の話をし始めた。互いに一緒に仕事をしたことのある仲であるためそれも仕方のないことだが、こんな時にまで、と溜息を吐きたくなる。

桜井は姫岩の社長に就任し、現在は三楽に籍はない。共に同じ会社に移ることもできたが、麗華は三楽に残った。これまで上司と部下であり続けた自分達の関係を、一度リセットする必要がある気がしたのだ。

それは主に、桜井に頼り過ぎてきた麗華の気持ちによるものだったが、桜井も反対はしなかった。

夫婦で職場まで一緒では、オンとオフのバランスが巧く取れないという危惧があったのかもしれない。

それが功を奏したのか、現在のところ、二人の関係がこじれたことは一度もなかった。

「莞爾くん、大きくなったわねぇ」

「そうなんです。もう重たくって！」

五崎の腕から逃れて依子の腕に収まった幼子が、麗華を見上げる。興味津々《しんしん》な表情だ。そのつぶらな瞳を覗き込みながら、ぷくぷくのほっぺたをつんと指で突けば、莞爾が「きゃあっ」と声を上げて笑った。

「本当に可愛い！　天使みたいね」

「あはは。ありがとうございます」

麗華の褒め言葉に、満更でもなさそうに依子が笑う。親ばかだなぁ、と思いながら、親ならだれでもそうかと思い直す。

「抱いてもいい？」

訊《たず》ねれば、依子は笑顔で「勿論《もちろん》！」と頷いてくれた。

莞爾は人見知りしない性質のようで、おいで、と麗華が差し出した手に、すんなりと身を預けた。

思ったよりもずしりと来る幼児の重みに驚きながら、麗華はきゅっと抱き締める。日《ひ》向《なた》のような、子どもの匂いと温もりに、胸が柔らかなもので満たされる心地がした。

「可愛い……」

自然と弛《ゆる》む顔を、莞爾の青い瞳が不思議そうに見つめる。

その時、ワッと歓声が上がった。ハッとそちらを見れば、ブーケを受け取った女の子が笑顔ではしゃいでいる。

それを眺めながら、依子がしみじみと呟いた。

「それにしても、あの佐野さんが、結婚だなんて……」

その呟きがあまりに感慨深げで、麗華はクスクスと笑ってしまった。

そう。今日の結婚式は、麗華の後輩であり、依子の先輩であった『チャラ男』──佐野が新郎なのだ。

「でもね、佐野くん、あなたが結婚して退社した後、ずいぶん変わったのよ。誰彼構わず女の子に声をかけていたのもやめたみたいだし、不誠実な付き合いもしなくなったって、話題になったくらい。今の彼女とは、幼馴染《おさななじ》みなんですってよ。信頼を失わないように、真剣に、慎重にお付き合いしてるんだって言ってたわ」

思えば、佐野の依子への恋慕は、麗華が考えているよりずっと深いものだったのかもしれない。依子の電撃とも言える結婚の後、心を入れ替えたように変わったのだから。

「そうなんですか。そっかぁ……」

当の依子はきっと知らないのだろう。微笑ましそうに新郎と新婦を眺めている。

すると見られていることに気付いたのか、新郎と新婦が微笑みながらこちらへ手を振る。それに手を振り返していると、麗華達に気が付いた招待客の一人が駆け寄って来た。

「藤井さん！　依子ちゃんも、お久し振りです！」

「お久し振りです、水戸さん」

「水戸くん。お久し振り！　元気？」

麗華の部下であった水戸が、満面の笑みで挨拶をした。

水戸の後ろからは、可愛らしい女性も付いてきている。確か今年総務部に入った新人だ。

水戸は今ではもう麗華の部下ではない。姫岩合併の際に行われた人事で、営業から総務に移ったのだ。

「総務はどう？　もう慣れた？」

「はい。内勤だけだと身体が鈍《なま》って、最近ジムに通い始めました」

「あら、ずいぶん余裕じゃないの」

「いやいや、とんでもない！　藤井さんに追い付こうと、毎日懸命です！」

「まぁお世辞が上手になったわね。ところで、その可愛らしい方を紹介してほしいわ」

麗華達と面識のない新人女性が、所在なげに佇《たたず》んでいるのが気になって促《うなが》す。すると、水戸は彼女をチラリと見て、照れ臭そうに笑った。

「総務の森田《もりた》まなみさんです。その……僕の、婚約者です」

「あら！」

「まぁ！」

おめでたい話題に、麗華と依子が感嘆の声を上げる。

「まなみ、五崎依子さんと、あの藤井麗華さんだよ」

自分の名前の上についた『あの』とはなんだと口を開きかけた時、水戸の婚約者が口を手で覆って叫んだ。

「えっ！　あの、伝説の女神……!?　じゃあ、あの鬼神と呼ばれていた桜井さんとご結婚された……⁉　すごい！」

「そう。鬼神と女神の伝説カップル。最強だろう？」

まるで自分のことのように自慢げに教える水戸に、麗華は思わず片手で額《ひたい》を押さえた。

「ちょっと、水戸くん！　何を教えてるのよ！」

麗華にとってあまり良い思い出のない二つ名は、どうやら若い社員の間では誇張されて伝わってしまっているらしい。そして自分の夫にも『鬼神』という二つ名があったことを、麗華はしばらく前に知った。確かに怒らせると鬼のように怖い人だから、妙に納得してしまったが。

「本当のことじゃないですか。鬼神・桜井と女神・藤井のビッグカップルは、もう伝説として三楽に語り継がれていくと思います！」

「そんな伝説いらないから……」

呻《うめ》き声を上げると、依子も水戸も笑い声を上げた。

「じゃあ、僕達、桜井社長にもご挨拶をさせてもらってきます」

水戸達はそう言って、桜井と五崎の方へと歩いて行った。

「水戸さんも結婚かぁ」

「ね。ビックリだわ」

しみじみと呟いていると、他人の腕の中は飽きたのか、莞爾がむずがった。

慌てて依子に返せば、やはり母親の方が落ち着くようで、すぐに大人しくなった。上手に子どもを抱く依子の様子に、麗華はポツリと言う。

「依子ちゃんは、お母さんなのねぇ」

「あはは！　そうですよぉ」

「私もちゃんとお母さんになれるかしら……」

真面目な表情で呟く麗華に、依子がパッと顔を輝かせる。

「え？　麗華さん、もしかして……？」

麗華は人差し指を唇に当て、しーっと小声で言う。

「他の人にはまだなんだけどね。安定期に入ったら、ちゃんと言おうと思って。今三か月になるところ」

「うわぁ……！　おめでとうございます……！　桜井さんは？　ご存知なんですか？」

目をキラキラさせて祝福する依子に、麗華は「勿論《もちろん》」と頷いて笑った。

「大喜びしちゃって、もう大変だったの」

検査薬で陽性だったと報告したその日に産婦人科に連れて行かれ、まだ週数が浅過ぎて確定ではないと言われたにもかかわらず、すぐにデパートに行き、ベビー用品を買い込む有《あ》り様《さま》だった。

気が早いにも程がある。その上、とても心配性になってしまった。

当初悪阻《つわり》が酷く、麗華の体調が整わなかったこともあり、心配した桜井に仕事は辞めてほしいと言われたが、麗華は今の仕事を途中で放り出したくはなかった。引き継ぎの準備は進めるけれど、ある程度の目途がつくまで、と説得したのだ。

桜井は渋ったものの、悪阻《つわり》も治まりを見せ、働き続けることに問題はないと医師にも言われたため、最終的には認めてくれた。ただし、何か問題が起きたらすぐにでも辞めることを条件にはされたが。

「楽しみですねぇ！　これから！」

依子が弾んだ声でそう言った。その笑みがキラキラと眩《まぶ》しくて、麗華は目を細める。

可愛らしくて、華奢《きゃしゃ》で、お砂糖菓子のような女の子達。

彼女達みたいな『お姫様』になりたかった。

自分にはなれないと思っていたから。

――でも、きっと、そうじゃないのね。

『お姫様』になりたかったんじゃない。

――私は、自分が主役であるって、胸を張って言いたかっただけなんだわ。

自分の人生の主役は、自分でしかない。

それなのに、理想と違うからと、自分を主役じゃないと諦めてしまっていたのだ。

――誰が何と言おうと、私は私の物語の『お姫様』なのよ。

それを他人が見て『王子様』と思おうが、『魔女』だと思おうが、構わない。

自分が自分を『お姫様』と認めて、胸を張ってさえいれば、それで。

――そう教えてくれたのは、他ならぬ、あなただったわ。

「麗華！」

愛しい人の呼ぶ声に、麗華は笑顔で振り返る。

『女神の微笑み』と呼ばれるその笑顔を、周囲の人達が眩《まぶ》しげに見つめていることに気付かないまま。

桜井社長は愛妻家

目が覚めて、腕の中にいたはずの妻の存在がないことに気が付いた辰郎は、眉間に皺《しわ》を寄せた。視線を上げてヘッドボードのデジタル時計の数字を見れば、六時半を示している。

妻は早起きだ。

ルーティンに抜かりのない彼女は、きっと朝食の準備をしてくれているのだろう。とはいえ、愛を確かめ合った翌朝に自分の傍らにないのは、あまり面白くはない。

それに――

「今日は祝日だろう」

心の中に湧いた不満を、つい言葉にしてしまっていた。

休日くらい、ベッドの中で妻の甘い寝顔を堪能したかったのに。

結婚して一か月。まだまだ自分を曝《さら》け出せないでいる新妻《にいづま》に、彼女を甘やかしたい夫は少々物足りなく感じている。

それでなくても彼女は非常に照れ屋で、あまり甘えるのが上手ではない。

彼女には、キリッとした凛々《りり》しい美貌とサバサバとした言動のせいで、周囲の女子から『男役』と持て囃《はや》されてきた過去があった。

それ故《ゆえ》に、自分で自分を女性扱いできない、という難儀な性格なのだ。

「本当は人一倍甘えたがりの女の子なくせに」

ボソリ、と呟いた言葉は、彼だけしか知らない事実だ。

そして、妻が夫である自分にだけは、甘えるようになってきたことも。

他の誰も知らない彼女を独占しているという満足感に、辰郎はふ、と笑う。

辰郎は、妻が『甘え下手』であることを喜んでいる。誰彼構わず甘えられては、嫉妬と心配で、妻の傍から離れられなかっただろうから。

自分にだけ甘えてくれるからこそ、こうして余裕のある夫として構えていられるのだ。

相当嫉妬深い性格をしていると自覚している男は、妻が甘えたになるのが自分だけだという事実に、たいへん満足している。

こんな狭量な夫を持ってしまって可哀想だとは思うが、長年の苦労の末に勝ち取った彼女の隣は、今後誰にも渡すつもりはない。

彼女を見初《みそ》め、可愛らしい娘《こ》だなと自然に目で追うようになった頃は、まだその執着心のようなものを、恋だと自覚していなかった。他の男と仲良さげに喋《しゃべ》る様子を見てむかっ腹が立って、ようやく自分の執着が恋だと自覚したのが、自分がまだ三楽不動産で課長と呼ばれていた時だ。以来数年、彼女の周囲をうろつく邪魔な虫どもを威嚇《いかく》し追い払い続け、ようやく手に入れた。

彼女の自分への好意は、正直言って分かりやすいことこの上なかったので、この恋を自覚した当初は、成就までにこんなにも時間がかかるとは思わなかった。

彼女のお姫様コンプレックスにより、アプローチをしかけても見事にスルーされ続けてきたのだ。

手強かった。手強過ぎて、正直こちらへの好意も、『尊敬する上司』へ向けた単なる憧れ程度なのだろうかと思ったこともあった。

だからといって、彼女を諦めるなどという選択肢があるはずもない。

自信がなく、臆病な彼女を怖がらせないよう、じれったいまでに慎重に距離を詰めていった。勿論《もちろん》、彼女に群がる害虫駆除も同時進行だ。

彼女の中の『カッコイイ大人の上司』としての自分を崩せなかったのは、この恋の成就を遅らせた敗因ではあると思う。だが好きな女の前で恰好つけなくて、どこで恰好つけるというのだ。

それに、頬を染めた彼女に可愛らしい恋情を向けられる日常を、愛しく思っていたのもある。顔を真っ赤にして、こちらの言動に一喜一憂し、そっと窺《うかが》うように見上げてくるその表情の、可愛らしいことと言ったら……！

要するに、その甘酸っぱい状況を大いに楽しんでしまっていたのである。

外道というなら言えばいい。好いた女を愛《め》でない男がどこにいる。

だがそんな中、姫岩建設への異動を言い渡されてしまった。

今の曖昧《あいまい》な状況のまま、彼女を置いて他社へ移ってしまうわけにはいかない。

そう思い、慌てて行動に起こした。夕食に誘い、旨《うま》い酒と肴《さかな》で緊張を解いてやり、甘い雰囲気になったところで告白――といきたかったのだが、いかんせん彼女が酔い過ぎた。

だから、ベッドの上でいちゃついていた時に、すやすやと眠ってしまわれたのには愕《がく》然《ぜん》とした。

そんな殺生《せっしょう》な、と言いたかった。言わなかったが。

その上、翌朝彼女が全く覚えていなかったことにも衝撃を受けた。

前の晩、あんなにも可愛く誘って、啼《な》いてくれたというのに――！

だが、迷惑をかけたと心底申し訳なさ気に眉を下げる彼女を追及することはできない。

昨夜の記憶を少しでも早く思い出してもらおうと、濃厚なキスをするのは忘れなかったが。

いくらなんでも、あれだけ濃厚なキスをされて、こちらの好意が伝わらないはずがないだろう。あとは彼女の覚悟が決まるのを待つだけだ——と、呑気に構えたのがいけなかった。

その後、常務との会話を偶然聞いた彼女が、盛大な勘違いをしてくれた上に、あさっての方向に進んだのだ。

他の男とお見合いをして、婚約までしてしまったのだから。

焦ったなんてものじゃない。

キスの夜から、辰郎は姫岩の案件で多忙を極めていて、なかなか時間が取れなかった。更に彼女はこちらを避けているようで、捕まえることもできない。なんとか車に押し込み、話を聞いたものの、お互いに誤解している状況ではまともな会話が成り立たなかった。

誤解を解くこともできず、頑として拒絶を見せる彼女に、さすがの辰郎も少々挫《くじ》けてしまった。それまで彼女はどんなに戸惑ってはいても、辰郎を拒絶することはなかったから。

まさか本当に、その婚約者とやらに惚れたとでもいうのか。

狼狽《ろうばい》のままに、その日は彼女を送り届けるに留《とど》めた。

嫌がる女性に無理強いするのは、辰郎の信条に反したからだ。

しかし、無論、諦めるつもりなど毛頭なかった——

と、愛しの妻を手に入れるまでの紆余曲折《うよきょくせつ》に思いを馳せていた辰郎は、寝室のドアが開く音で現実に引き戻された。

そちらに目をやれば、彼の可愛い愛妻が、ドアのすき間からこちらを覗きこんでいる。すでにパジャマではなく、カットソーにふんわりとした色合いのスカートを穿いていた。

きっとシャワーを浴びて、身支度を整えたのだろう。

昨夜の彼女は幾度《いくど》か果てを見た後、気を失うようにして眠ってしまったので、シャワーを浴びられなかったのだ。

「辰郎さん、起きてたんですか」

辰郎の目が開いていたのが見えたのか、麗華は微笑んだ。

「うん。おはよう、麗華」

言いながら手招きすれば、麗華は素直に近寄ってくる。

ベッドの脇までやって来た彼女に、ポスポスと手で自分の隣を叩くと、麗華はスカートをふわりと膨らませてそこに腰掛けた。

このスカートは、以前彼が「その色はあなたによく似合うね」と褒めたものだ。これを見る頻度が高いのは、きっと気のせいではないだろう。

「おはようございます、辰郎さん」

ようやく傍にまでやって来た麗華は、薄く化粧まで施《ほどこ》している。シャワーを浴びた後だろうに、髪もきれいにブローがされていた。

どこまでも完璧であろうとする新妻《にいづま》だ。

その努力を可愛らしいと思いながらも、辰郎は少々不満を感じてもいる。

まさに女神のような完璧な美しさで微笑む妻の顔を、ぐずぐずに蕩《とろ》けさせたいと思うのは、きれいなものほど穢《けが》してやりたくなる――という、男の征服欲なのだろうか。

とにかく、彼は妻の完璧であろうとする姿勢を、崩してやりたくてたまらないのである。

「目が覚めて、あなたの可愛い顔が見られなくて残念だった」

そう甘く囁《ささや》きながら、腕を伸ばし、カアッと頬に朱を走らせる彼女の頭を引き寄せる。

仰向けに寝転んだままの辰郎に覆い被さる形で、麗華が身を寄せた。

ちゅ、と柔らかな唇を啄《ついば》めば、彼女は目を真ん丸にする。

「た、辰郎、さん……?」

動揺も露《あら》わな呼びかけに、辰郎は薄い笑みを漏らした。

麗華は体力がある。長年合気道で鍛えているし、仕事は体力勝負の営業だ。普通の女性よりもはるかに持久力があるだろう。

だが、同じ条件が辰郎にも当てはまる。武道はやっていないが、ジムに週四回通っているし、当然のことながら営業歴は麗華よりも長い。

ついでに言えば、辰郎は精力旺盛《おうせい》な部類だ。

結婚して以来、週末になると抱き潰されるはめになっている麗華は、そろそろ危機感を覚え始めているのかもしれない。

その証拠に、腕を突っ張ろうと、じりじりと力を込め始めている。

そうはさせまいと、辰郎はもう片方の腕を華奢《きゃしゃ》な腰に回した。

「ねえ、麗華。どうして服を着てしまったの？」

耳に息を吹きかけるようにして囁《ささや》くと、びくりと細い肩が震える。

「……あっ、だ、だって、もう、朝《あさ》だし……っぁ」

しどろもどろに答える麗華の耳朶《じだ》を食《は》めば、彼女の語尾が甘く蕩《とろ》けた。

良い反応に、辰郎は口の端を上げながら、そのまま耳腔《じこう》を塞ぐようにして舌を這《は》わせる。

「ひゃうっ」

ぴちゃり、と立った水音に、驚いたように可愛い声が上がる。

首を竦《すく》めて、快楽に流されまいと、身を強張らせる様子も堪らなく可愛い。

――そんな可愛い抵抗で止められるはずもないのに。

心の中で可愛いを連呼しながら、辰郎は麗華の耳の味を堪能する。以前なら、耳の中を舐めるなど有り得なかったが、相手が麗華となれば、耳の中すら甘いと感じるから不思議である。

レロレロと舌を細かく動かしつつも、それに合わせてビクビクと魚のように身を跳ねさせる麗華の様子も堪能する。

ぎゅっと目を閉じて、顔を真っ赤にさせて、辰郎の与える快楽に震えながら耐えている姿は、最高だ。

実に、可愛い。

「んっ、……あっ、はぁっ、……んっ、んんっ……！」

「服なんか着なくていいんだよ。今日は休みなんだから」

「はっ、あっ、で、でもっ、……っ！　た、辰郎さんっ」

彼女の弱点である耳の中を舌で弄《いじ》くり回しながら、辰郎はスカートの中に手を潜《もぐ》らせた。

シャワーを浴びた後、ボディローションで丁寧に整えられた肌は、滑《なめ》らかで柔らかい。掌《てのひら》でその感触を確かめるようにして撫で擦り、するりと内腿へと移動させた。

「っ……」

辰郎の手がどこを目指しているのか、麗華にだってもう分かっているのだろう。感じやすい内腿の柔肉《やわにく》をきゅっと握り込めば、息を詰めて瞼《まぶた》を閉じた。

その瞼《まぶた》にちゅ、とキスを落として、引き結ばれた唇をべろりと舐める。それを合図にしたかのように、彼女の瞼《まぶた》と口が開かれた。

不安げな色の乗った眼差しに、優しく微笑みかけてから、歯列を割って甘い口の中をたっぷりと味わう。いつまで経ってもディープキスに慣れない麗華は、侵入してきた辰郎の舌に戸惑っている。それを宥《なだ》めるように、麗華の小さな舌を己《おのれ》のそれで撫で回した。ついでに擦り合わせて快感のツボを刺激していく。

「ん、ん、む、ん――」

キスの水音が、びちゃ、ぐちゅ、という粘着めいたものに変わっていくにつれ、固まっていた麗華の舌も柔らかく解《ほぐ》れ、辰郎の言いなりになっていく。

それにしても、妻の唾液の、なんと甘いことか。

じゅる、と甘露《かんろ》を啜《すす》りあげて、辰郎はほくそ笑む。

今までこの甘露《かんろ》を自分以外は味わったことがないと、結婚後に妻から告げられた時のあの歓喜といったら。これだけ魅力的である麗華が、男性経験が皆無であったことの奇跡を、神に感謝したくらいだ。無神論者ではあるが。

自己満足に浸《ひた》りながら、辰郎は己《おのれ》の手をするすると動かして、目的の場所に移動させた。

「むぅんっ」

麗華が抗議のような声を上げたが、辰郎に口を塞がれているので何を言っているか分からない、ということにする。シルクのショーツの上から、そっと確かめれば、そこはしっとりと湿っていた。

くつり、と喉の奥で笑みが漏れた。

その笑い声に、麗華がピクリと身を揺らす。

「濡れてるね。可愛い」

唇を僅《わず》かに離して囁《ささや》けば、麗華は赤い顔を更に赤くして、泣きそうになる。

ああ、可愛い……！

「い、意地悪、です……！」

「麗華が可愛いのがいけない」

まさに正論。だが麗華は目を見開いた。

「そんな……！」

眉を下げて「詭弁《きべん》だ」と言わんばかりの顔をする麗華に、もう一度口づけることで反論を遮《さえぎ》る。抵抗するくせに、辰郎のキスに素直に口を開いて応じるのだから、天然なのか計算なのか。

いずれにせよ、凄腕のスナイパーなみの命中率を誇る小悪魔だということだ。

現に彼女の夫は、未だに日に三度は心を射貫かれている。

啄《ついば》むようなキスをしながら、シルクの上からスリスリと指で擦る。やがて刺激されて膨らんできた真珠のようなクリトリスを、指の腹でクルクルと撫でてやった。

「あっ、あぁん、ん……！」

身悶《みもだ》えする麗華の姿を薄目を開いて堪能する。

もたらされるクリトリスへの快感に、キスもおざなりに仔犬のように啼《な》いている姿を。

可愛い。

だがキスがおざなりになるのはいただけない。

こら、という窘《たしな》めのつもりで動かなくなった小さな舌に歯を立てる。すると、それがまた刺激になったようで、愛らしく身を震わせて嬌声《きょうせい》を漏らした。

「……本当に、どこまで俺を翻弄《ほんろう》すれば気が済むのかな、ウチの奥さんは」

妻が可愛過ぎて辛い。

幸せを噛み締めながら吐露《とろ》すれば、麗華が蕩《とろ》けた表情ながらも、眉根を寄せてみせる。

「そ、それは、こっちの台詞《せりふ》です……！」

妻の反論に、辰郎は大きく眉を上げた。

「俺が？　どこが。どう考えても、手玉に取られているのは俺の方だろう」

「て、手玉って……！」

目を白黒させる麗華に、辰郎はふっと笑う。

「ほら――こんな風に」

言いながら、布越しに弄《いじ》っていた指をショーツの脇から侵入させる。直に触れた場所はすでに蜜でぬるぬるになっていた。覚えの良い我が妻の身体は、夫の教えに忠実だ。キスとあの程度の愛撫で、こんなにも応えてくれるのだから。

それに満足しつつ、溢れ出ている蜜を指に絡めるようにして花びらの形を確かめ、蜜穴に中指を差し入れた。

「ああっ」

異物の侵入に、麗華が身を捩《よじ》る。

同時に温かく柔らかな泥濘《ぬかるみ》が、ぎゅっと辰郎の指を締め付けた。

思わずゴクリと喉が鳴る。

麗華の中は、もう柔らかくトロトロで、指をこんなにもぎゅうぎゅうと締め付けてくるのだ。

今ここで己《おのれ》を突き立てれば、確実に気持ち好《い》いだろうと、経験上知っている事実に、下半身が更に滾《たぎ》る。辰郎の雄は先程からすでに臨戦状態だ。

だが、それなりに経験のある四十路《よそじ》の男にとっては、己《おのれ》の快楽もさることながら、愛しい女性が自分の愛撫に蕩《とろ》ける姿を愛《め》でるのもまた、セックスの醍醐《だいご》味《み》である。

「あ、ゃ、やだ、辰郎さ……」

「やだなんてつれないこと言わないで」

潤《うる》んだ瞳で懇願する麗華の目尻にキスを落として、辰郎は抗議をさらりといなす。

そんな可愛い顔をして「イヤ」だなんて、まったくもって逆効果でしかないのだが、麗華は未だに理解していないらしい。

だがそれを理解されると、可愛い顔を見る頻度が減りそうなので、無論教えてやるつもりなどさらさらない。

悪い夫だ。それを自分で分かってはいるが、自覚がある分、無自覚よりはマシだと考えている。悪人である。

再び麗華の口を塞ぎながら、辰郎は腰を抱いていたもう片方の手で、いそいそと妻の服を剥《は》いでいく。キスと愛撫ですっかり蕩《とろ》けてしまっている麗華の身体はクタリとしていて、もう逃げようとはしない。実に可愛い。

下着まで剥《む》いて、白いクリームのような肌を晒《さら》した妻を、とさりとベッドに押し倒す。

顔を赤らめたまま、こちらを睨むように見上げる表情に苦笑を零《こぼ》した。

まあ、言いたいことは分かる。

「き、昨日の夜もしたのに」

考えていた通りの苦情に、辰郎はにっこりと微笑みを返した。

「そうだね。それも麗華が可愛いのがいけない」

分《ぶ》が悪い場合は、同じ詭弁《きべん》と笑顔で乗り切る。

細い首に顔を埋《うず》めて、白い鎖骨にちゅう、ときつめに吸いついた。

「んんっ」

麗華がまた可愛く啼《な》いた。本当に可愛い。何をしても可愛い。

この心の声を当の麗華に言えば、間違いなくドン引かれるだろうから、これもまた口に出すつもりはないが。

鎖骨から下を舐め上げながら、柔らかくたっぷりとした双丘を両手で揉み上げる。

ああ、ふわふわで柔らかく、あたたかい。

これは自分専用の玩具だな、とこんなところでも満足感に浸《ひた》りながら、その胸の先に咲く薔薇《ばら》色の突起を摘《つ》まみ上げる。

「ひんっ!」

仔犬が甘えるような声が聞こえて、辰郎は嬉しくなる。嬉しいついでに、可愛い両方の乳首を同時に捻《ひね》り上げ、指の先で捏《こ》ねてやる。

「あ、ぁあ、んんっ」

麗華は両方いっぺんにされるのが好きなのだ。

恥ずかしがり屋の妻の無言の要求を、ちゃんと聞き届ける自分は良い夫だと思う。

内心で頷きながら、辰郎はすっかり尖《とが》った乳首をパクリと食べる。

口内の熱さに驚いたのか、麗華がびくりと身を揺らしたが、想定内だ。

舌先で舐め転がしたり、吸い付いたり、柔らかく歯を立てたりして更に虐《いじ》めてやれば、麗華が白い身体をくねらせた。

実に色っぽい。美しい。けしからん。

辰郎は圧《の》し掛かっていた上体を起こし、麗華の両膝に手をかける。

「おっと」

その前に、ただひとつ残っていたシルクのショーツを脱がさなくては。

今日はペールブルーだった。濡れて染みになった部分の色が濃くなっていて、実にいやらしい。けしからん。

だが脱がそうと手を伸ばしかけたところで、下着を着けたまま致すのも悪くないと不意に思い立った。

日々、麗華が怯《おび》えない程度の趣向を凝らし、飽きられないようにする努力は欠かせない。自分自身が彼女に飽きることなど永遠にないが、それでもセックスは夫婦の大切なコミュニケーションだ。工夫を凝らすのは、長い人生を共に過ごしていく中で、大切なことだろう。

ショーツのペールブルーが濃くなった部分に指を引っかけ、くい、と脇に寄せれば、くちゅりと水音が立った。すっかり濡れそぼっているそこは、もう花弁が開いてテラテラと光っている。

けた。

「ああ……美味《おい》しそうだ」

辰郎はうっとりと呟いて、麗華の脚を大きく開かせると、おもむろにそこに口をつ
じゅる、と溢れ出た蜜を啜《すす》る。

まさに甘露《かんろ》だ。人の体液が甘いはずがないのに、これが麗華の身体の中から出てきたものだと思うだけで、甘く感じてしまうから不思議だった。

この歳なのでそれなりに女性経験はあるが、こんな風に味覚まで恋に溺れたのは麗華が初めてだ。

舌を使って花弁全体をねっとりと舐め上げて、硬く尖《とが》らせた舌先でクリトリスを弄《いじ》る。包皮をまだ被ったままなので、多少荒《あら》っぽく触っても大丈夫だろう。その証拠に、麗華は快感だけを得ているようで、あられもなく甘い声を上げている。

「あ、ふ、あ、んんっ、は、た、つろう、さんっ――」

自ら腰を小さく揺らしていることに、気付いているのだろうか。

それが無意識にしろそうでないにしろ、辰郎の劣情を煽るのには十分である。

クッと喉を鳴らし、辰郎は指で膨れ上がったクリトリスの包皮を剥《む》いた。

「ひあっ」

短く麗華が切羽《せっぱ》詰まった声を上げる。

これをやると快感が過ぎるようで、本能的に怯《おび》えを見せるのだが、辰郎は容赦しなかった。

厚い包皮に守られていた赤い宝石を、舌と唇を使って吸い付くようにキスをする。ちゅぱ、ちゅぱ、という赤子が乳を吸う時と似た音が立ったと同時に、麗華が声もなく身を引き攣《つ》らせた。

達したのだ。

二度、三度と、すんなりと伸びた脚をひくつかせて、やがて身体を弛緩《しかん》させた麗華は、涙目で茫然としている。

その表情に堪らなくそそられて、ゴクリともう一度喉を鳴らした辰郎は、麗華のショーツを取り去った。麗華の愛蜜と辰郎の唾液で、ショーツはぐっしょりと濡れて重たくなっている。

そして、もはやそそり立って腹まで付きそうな勢いの自分の雄を、蜜をまとう膣口に宛てがう。

「あ……」

麗華はまだぼんやりとしているものの、自分が今から何をされるのかは理解しているようだ。潤《うる》んだままの瞳で辰郎の顔を見上げる。

そんな彼女を宥《なだ》めるようにキスを落とすと、辰郎はニコリと微笑んだ。

「愛しているよ、麗華」

言うや否や、ずん、と一突きで泥濘《ぬかるみ》の中に根元までぐっぽりと押し入った。

「ひぁぁんっ」

さすがに衝撃だったようで、麗華が背を弓形にしてその衝撃に耐える。

一方、辰郎はと言えば、ふぅ、と長く深く、愉悦の溜息を吐いている。

「あなたの中、最高。熱くてぬるぬるで、俺のに絡み付いてくる」

「あ、や……っ、はっ、あん、あっ」

感慨に浸《ひた》りながらも腰を鋭く振る辰郎に、麗華はひたすら喘《あえ》ぎ声を上げるのみだ。

気持ちいい。

荒い呼吸の中、辰郎はうっとりと思う。

麗華の中は肉襞が細かく、しかも辰郎の動きに敏感に反応してよく蠢《うごめ》いてくれる。おまけに感じてくるときゅうきゅうと引き絞るので、うっかりするとすぐに持って行かれてしまう。

正常位だと麗華の艶美《えんび》な表情を堪能できるが、今日はもう少し激しくしたい。

一旦己《おのれ》の雄を引き抜くと、クタリとする麗華を引っくり返して、その膝を立たせた。

後背位の経験のある麗華は、辰郎の意を解して、自分でその体勢を取ってくれる。

ふるりと突き出された白い尻が眩《まぶ》しくて、辰郎は両の掌《てのひら》でふたつの丸みを撫でた。

滑《なめ》らかな皮膚の感触を味わい、徐々にふたつの手の間隔を狭めていけば、目指す場所へ辿《たど》り着く。そこは淫猥《いんわい》に濡れて煌《きら》めきながら、真っ赤に充血した口をパクリと開いていた。

しかもその蜜口は、辰郎の形のまま開いて誘っているのだ。

堪らない。

痛いほどに硬く張り詰めた己《おのれ》の頭先を、クリトリスを刺激するようにして滑らせると、麗華が涙声で懇願した。

「やあっ……辰郎さん、焦らさないでっ……」

可愛過ぎるだろう……！

麗華の愛らしさに眩暈《めまい》すら覚えて、辰郎は我慢できずに、己を再び彼女の中へと突き立てた。

「ああんッ！」

「麗華ッ！　麗華、麗華！」

名を呼びながら、欲望のままに鋭く何度も中を穿《うが》った。

パンパンパン、という肉と肉がぶつかり合う音が、立て続けに鳴る。

ぐちゅ、ぱちゅ、という水音を聞きながら、辰郎は背後から覆い被さる形で麗華を抱き締めた。

「ハッ、気持ちいい？　麗華」

「あっ、ひぃんっ」

耳元で囁《ささや》けば、高まっている感覚が普段以上に敏感に快楽を拾うようで、麗華は軽く達した。

熱い肉襞が、ぎゅうぎゅうと握り込んでくる快感に、辰郎は息を詰める。

愉悦をやり過ごすために腰の動きを止めれば、麗華がイヤイヤと首を振って泣き叫んだ。

「あッ、だめぇ、辰郎さん、動いてぇ！　今、欲しい、ほしいのぉッ！」

中で達することを覚えた麗華は、軽い到達の先に、より深く重い果てがあることを知っているのだ。

「――ッ、くそ！」

らしからぬ悪態を吐いた後、辰郎は観念したかのように激しく腰を振りたくる。

「あっ、あぁっ、ひぃんっ、あああっ……」

奥の奥まで深く速く穿《うが》たれ続け、肘を立てていた麗華の上半身が崩れる。

辰郎は細い腰を両手で掴んで、なおも穿《うが》ち続けた。

抽送の最中に垣間見る肉棒は、泡立った愛液で真っ白になっている。

麗華の太腿が震え始め、膣の中が蠕動《ぜんどう》を速めた。

「やあぁ、も、ダメ……いく……いっちゃうっ」

「いけ！　麗華、俺もッ……！」

麗華が四肢を痙攣《けいれん》させながら叫び、中にいる彼を吸い込むほど強く引き絞った。

ほぼ同時に、麗華の中で辰郎が弾けた。どく、どく、と精液が子宮の中に注ぎ込まれていくのが分かる。

長い長い射精感に満悦の溜息を漏らし、辰郎はぐったりとした麗華の尻を撫でた。

滑《なめ》らかな肌は、しっとりと汗ばんでいる。

これはもう一度風呂に入れてやらないとな、と思いながら、麗華の中に入ったまま、慎重に身を横たえた。

スプーンのように重なり合いながら、射精の後に襲われる眠気に身を委《ゆだ》ねる。

今日は祝日だから、いいだろう。

現に彼女も微睡《まどろ》んでしまっている。

愛しい身体を抱き締めながら、妻を風呂に入れてやるという、実に楽しいミッションに心を躍らせた。

目が覚めたら是非やろう。

そう心に誓って、ゆっくりと瞼《まぶた》を閉じたのだった。

書き下ろし番外編

ホットチョコレートナイト

始業時刻の一時間前。三楽不動産のエントランスでは、会社の顔ともいうべき受付嬢たちが、互いの手札《カード》をこれ見よがしに見せつけ合っていた。

「持ってきた？」

「もちろん。そっちこそ、持ってきたの？」

「持ってきたわよ。ほら！　シャルル・カディエールのアソートボックス！」

「ふふん。私は西洋菓子店エトワールのブルー缶よ！」

互いの紙袋を凝視した受付嬢たちは、ほぼ同時に驚愕の表情になる。どうやら両者とも、自分の方が相手より良い品を用意できたという自信があったようだ。しかし、相手もなかなか手強いと分かり悔しさと称賛の混じった笑みを浮かべた二人は、熱い握手を交わした。

「すべては、麗華様《推し》の笑顔を見るため……！」

可憐な受付嬢達が、戦《いくさ》を前にした戦士のような表情で口にするのは、この三楽不動産で『女神』と呼ばれる存在で、彼女達のいわゆる『推し』である。

「この間麗華様、なんとコーヒーじゃなくてイチゴミルク飲んでらしたのっ！」

「あのクールビューティーがイチゴミルクっ……！　ギャップで萌《も》え死ぬっ……」

「麗華様、私に気付いて声をかけてくださって……」

「やだもう、毎回のことながら、ファンサがすぎる……！　女神……！」

「『今日はコーヒーじゃないんですね』って言ったら恥ずかしそうに笑って『自販機のボタン、間違えちゃったのよ。でもたまにはイチゴミルクもおいしいわ』って……！」

「おっちょこちょい麗華様、かっわ！　かっわ！　やだずるい、私も見たかった！」

「激レアでしょう⁉」

まだ出社には早い時刻なのであまり人がいないこともあって、キャーキャーと推しトークを繰り広げていた二人は、柔らかく艶《つや》のある声にハッとした表情で振り向いた。

「おはようございます。今日も素敵ね、二人とも」

そこに立っていたのは、凛《りん》とした佇《たたず》まいの、美しい女性だ。小さな白い顔、キリッとした目元、スッと通った鼻筋に、女性らしい薔薇《ばら》色の唇。長い睫毛《まつげ》を震わせてクスクスと笑うその美女こそ、彼女たちの推し——営業部の女神こと、桜井麗華である。

「れ、麗華さん！」

「お、おはようございますっ！　桜井課長！」

内心の黄色い悲鳴を押し殺し、なんとか返事をした二人だったが、目はすでにハート、朝から推しの笑顔を拝めて至福の境地である。

「身を寄せ合って、内緒話？　ふふ、なんだか楽しそうね」

「あっ、あの、桜井課長！　こ、これ！　今日、バレンタインなのでっ！」

「あ、わ、私も！」

一人が手にしていた紙袋を差し出せば、もう一人も追従して同様に突き出してくる。捧げられた二つのスイーツの紙袋に、推しの女神は目を丸くした。

「あら、私に、チョコレート？　いいのかしら」

「桜井課長に食べていただきたかったんです！」

「一生懸命選んだので！」

熱弁すれば、女神は嬉しそうに微笑んで、差し出された紙袋を二つ受け取った。

「ありがとう、嬉しいわ。……でも、今日はお返しできるものがなんにもなくて……」

「いいんです、桜井課長！　私たちが差し上げたかっただけなんですから！」

「そうです！　ただの気持ちなんです！」

（推しを応援したい、というファンの気持ちなんです！）という心の声を口にすることはさすがにしないが、二人とも気持ちは同じである。

だが女神の方は困ったように眉根を寄せて、肩にかけていたバッグの中を探っている。

やがて何かを見つけたのか、パッと顔を輝かせた。

「あら、いいものがあったわ。はい！」

優雅な仕草で取り出したのは、小さなキャンディだ。赤い包み紙にくるまれたそれらを、一粒ずつ彼女たちの掌《てのひら》に置くと、女神は人差し指を立てて言った。

「ホワイトデイにはちゃんとしたものを用意するから、今日はこれで我慢してね」

パチン、と音がしそうな完璧なウインクに、受付嬢二人が顔を真っ赤にして無言で首を上下させる。それにフフッと笑って、女神はもらった紙袋を掲げてもう一度礼を言うと、「ハッピー・バレンタイン」と軽く手を上げて去っていった。

ピンと背筋の伸びた美しい後ろ姿に見惚れていた二人だったが、片方がポツリと呟く。

「カッコイイ……」

彼女たちの推しは、今日も完璧に女神そのものだった。

「麗華様も誰かにチョコレート、あげたりするのかなぁ」

「そりゃあげるでしょ。人妻だよ。あの鬼神の妻だよ」

肩を竦《すく》めて応える相棒に、もう一人は深い溜息を吐く。

「人妻、かぁ～。私たちの麗華様だけど、あの『桜井部長』が相手なら仕方ないよねぇ」

「鬼神と呼ばれた男だからねぇ……」

女神と鬼神、どちらも神の領域の人物ならば仕方がないというもの。どういう理屈かは分からないが、お似合いであることは間違いない。

かつてこの三楽不動産で女神と同じくらい有名だった、伝説の男を思い出しながら、二人は溜息を吐いたのだった。

＊＊＊

「おっ！」

社内のエレベーターの中、途中の階で乗り込んできた顔を見て、麗華は口許《くちもと》を緩めた。同期の高杉《たかすぎ》だ。入社後オリエンテーションで同じ班となり、さらにどちらも合気道経験者ということで話が合い、わりと仲が良かった同期だ。とはいえ、その後配属された部署が異なるため日常的な接点はなく、こうして顔を見るのはかなり久し振りだ。

「ご無沙汰、高杉君。元気にしてる？」

「元気元気！　ホント、久し振りだなぁ、藤井！」

今やほとんど聞くことのなくなった旧姓で呼びかけられて、思わず目を瞬《またた》いてしまう。それに目敏《めざと》く気付いた高杉が、しまった、という表情になって頭を掻《か》いた。

「あ、ごめん、今はもう『桜井』か。『藤井』の方が慣れてるから、つい……」

「気にしないで。ただ、そっちで呼ばれなくなって久しいから、ちょっとびっくりしただけ。藤井の方が呼びやすかったら、そっちで構わないわよ」

　職場では旧姓で通す人も多い昨今だ、と付け加えると、高杉は神妙な顔で頷いた。

「苗字《みょうじ》と言えば、お前の苗字《みょうじ》はきれいだよなぁ。『藤井』だろう？　あ、でも、『桜井』だから、藤が桜になるだけだな。どっちになってもお前、雅《みやび》な名前だよなぁ」

「なにそれ！　すごい発想ね！」

　噴き出すと、高杉はきょとんとしている。わりと天然キャラなのだ。

「あ、その紙袋……」

　不意に何かに気付いたのか、高杉が麗華のぶら提げている紙袋を指さした。

「ああ、そう、ふふ。もらったの。今日はバレンタインだから」

　今朝の受付嬢だけでなく、自分の部署や他部署、そして取引先の女子たちからももらった麗華の腕には、それらを一つにまとめた大きな紙袋がずっしりと提がっている。

「た、大漁だな……」

「ちょっと、漁師の魚みたいに言わないでくれる？　いわゆる、友チョコってやつかしら。学生の時もよくもらったけど、いくつになっても女子はイベントが好きよね」

「お前も女子だろ？　桜井部長にバレンタイン、しないの？」

　ちなみに彼の言う『桜井部長』は現在別会社の社長になっているが、麗華にはもちろん伝わっていたので訂正はしなかった。

「…………………するけど」

相手の発言を黙殺したのかと思う長さの沈黙の後、ポツリと答える麗華に、高杉が怪《け》訝《げん》そうに笑う。

「ふーん。するのか。部長は辛党なイメージだけどな。甘い物もいけたんだ」

「……食べるわよ。甘い物も、わりと」

麗華はそう言った後、すぐに「そう、わりと好きなはずなのよ」となぜか繰り返している。高杉は不思議そうにしたものの、それ以上は突っ込まずに肩を上げた。

「へえ。そうなんだな、意外だ」

そこでエレベーターの扉がポンと音を立てて開いた。

「俺も今日、彼女とデートなんだ」

エレベーターを降りながらニカッと笑った高杉に、麗華は「あら」と微笑み返す。

「素敵。ハッピー・バレンタイン！」

「お互いにな！　ハッピー・バレンタイン！」

まるで少年のような笑顔で手を振る同期を見送って、麗華は溜息と同時に呟いた。

「……甘い物、かぁ。……どうしよう……」

彼女の悩ましげな吐息には理由があるのだ。

＊＊＊

帰宅すると、夫はすでに帰っていた。

「おかえり、麗華」

スーツから緩《ゆる》いシルエットのニットとパンツといった部屋着に着替え、北欧のデザイナーの作品である大きなソファにゆったりと腰かけている様《さま》は、まるで悠然と寝そべる虎のようだ。

（……こんなに紳士然とした人なのに）

虎なんて猛獣を思い浮かべてしまうのは、彼の内面を知ってしまっているからか。

「ただいま、辰郎さん」

挨拶を返し、ダイニングテーブルの上に脱いだコートと紙袋を置いていると、辰郎が愉快そうに笑って歩み寄ってきた。

「おやおや。今年も大漁だ」

「もう！　漁師の魚みたいに！　辰郎さんだって、もらってきたでしょう？」

紙袋の中を検《あらた》め、一つの箱を手に取ってみている辰郎は、麗華の問いに肩を竦《すく》める。

「もらっていないよ。今年は」

「えっ？」

麗華は驚いて辰郎の顔を振り仰《あお》いだ。去年は自分と同じくらいの量のチョコレートを持って帰ってきていたから、てっきり今年もそうだと思い込んでいたのだ。

辰郎は切れ長の形の良い目を細めた。眼鏡のレンズの向こうで、黒い瞳に甘さが滲《にじ》み、麗華の心臓がドキンと音を立てる。

結婚して二年経つが、彼女は夫のこの眼差しにからきし弱い。

カァッと頬を染めた妻の顔を堪能するように眺めながら、辰郎が優しい口調で言った。

「私は自分の妻からの愛以外は欲しくないのでね」

麗華が絶句して、赤い顔を更に赤く染める。それに「可愛い」と呟き、長い腕で囲い込むようにして彼女を抱き締めると、辰郎がクスクス笑いながら付け加えた。

「まあ、他にも理由はあるんだけどね」

「他の理由？」

鸚鵡《おうむ》返しをすると、辰郎は「うん」と頷いて説明した。

「義理チョコという、女性にだけ負担をかける悪しき因習を廃止することにしたんだよ。姫岩《ウチ》は良くも悪くも、昔気質《むかしかたぎ》なゼネコンだからね。悪い意味での男女差は小さなところから是正していこうと思っているんだ」

「ああ、なるほど……」

辰郎の言葉に、麗華は深く頷いた。

数年前に親会社であった三楽から姫岩建設へと移った辰郎は、悪戦苦闘を強《し》いられてきた。片や不動産業、片や建設業と、畑違いな業種であったことや、新参者への反発から、社長就任当初は辛酸を舐めさせられたらしい。家庭に仕事の愚痴《ぐち》を持ち込まない人ではあるが、それでもその頃は疲労の色が濃く、麗華もずいぶんと心配したものだ。

だが就任から二年が経過した今、姫岩の中でも少しずつ変化が起きているようで、最近では辰郎も肩の力が抜けたような雰囲気になってきていた。

（きっと以前だったら、バレンタインの義理チョコ廃止なんていう些細《ささい》な是正だってできなかったはずだもの）

夫が会社で必死に闘っていることを知っているだけに、些細《ささい》な報告でも嬉しかった。

「義理チョコは、楽しんでいる分にはいいけれど、それが定例化すると厄介《やっかい》です。社員数の男女比が圧倒的に男性に傾くと言われるゼネコンだと、女性にかかる負担は金額だけでも相当だと思うから、きっと女性の皆さんは喜んだんじゃないかしら」

夫の変化を心から喜びながら、少しでも彼の隣に立つのに相応《ふさわ》しい自分であるようにと、必死で考えを巡らせて自分の見解を述べる。

同意してくれると期待していた麗華は、辰郎が「おやおや」と言ったように眉を上げたので、何か間違ったことを言ってしまっただろうかと、ちょっと焦ってしまう。

そんな麗華を見て、辰郎が苦い笑みを浮かべた。

「どうにもあなたは、『できる部下』になろうとする癖が抜けないね」

指摘され、麗華はアッと口許《くちもと》を押さえる。確かに、今自分がした発言は、そう捉えられてしまえばその通りとしか言えない内容だ。

「私はもう、あなたの上司ではないんだけどな?」

「あ、あの……」

辰郎には、常々『ありのままでいてほしい』と言われていた。どうやら麗華は、辰郎を前にすると優等生を演じようとしてしまうらしい。

「夫を相手に、いい子である必要はないと言っているだろう」

優しく諭《さと》されるが、麗華は真っ赤な顔でフルフルと首を横に振った。

(だって……だって、仕方ないじゃない……!)

初恋の人で、ずっとずっと、何年も片想いしてきた相手なのだ。叶わないと思ったから、一生この片恋を抱えて生きていこうと覚悟すらした人。

文字通り、麗華の生涯で、唯一無二の恋人なのだ。

(辰郎さんの前では、素敵な自分でいたいんだもの……!)

俯《うつむ》く麗華に、辰郎が口の端を上げて忍び笑いを漏らす。

「……俺はどんなあなたでも愛しているのに、どうして分からないのかなぁ」

辰郎の一人称が「私」から「俺」に変わったことに、麗華の胸がまたドキリと音を立てた。それは彼が雄になる合図だからだ。

「た、辰郎、さん……」

「どうやら、あなたには俺の愛情がどれほど深いのか、ちゃんと分からせてあげなくてはならないようだ」

低く艶《つや》やかな声で言われ、大きな手にスルリと首筋を撫でられる。優しい触れ方なのに、それだけで麗華の背中に柔らかな快楽の電流が走り抜け、ブルリと身が震えた。夫に意図をもって触れられるだけで、反応する身体に作り替えられてしまっているのだ。

「……あ……」

吐息と共に零《こぼ》れ出る囁《ささや》きに、辰郎の声はより一層甘さを増した。

「……麗華。ちゃんと、チョコレートの用意はできている？」

その問いに、麗華はビクリと身体を揺らして、そろりと夫の顔を窺《うかが》った。

夫はいつもの微笑を浮かべたままこちらを見つめている。けれどその瞳だけは、肉食獣のようなギラギラとした光を湛《たた》えていた。もう完全に、雄の目だった。

だが麗華の方も、その目で見つめられれば、必然と雌に変わってしまうのだから、もうどうしようもない。心臓がドクドクと速いリズムを叩き始め、身体の熱がいつもより高くなっていくのを感じながら、コクリと頷いた。

それは満足のいく答えだったようで、辰郎がクツリと喉を鳴らす音が聞こえる。

「いい子だ。じゃあ、それを見せてくれるね？　服を脱いでごらん」

「え……」

恥ずかしさから逡巡《しゅんじゅん》したのは一瞬で、麗華は俯《うつむ》きながらも、おもむろに自分の服に手をかける。この目をした辰郎が、言ったことを覆《くつがえ》したりしないと知っているからだ。

ジャケットを脱ぎ、その中に着ていたシャツのボタンを外していく。緩慢《かんまん》な仕草に、辰郎がまた喉を鳴らす音が聞こえた。まるでネコ科の大型肉食獣が傍にいるみたいだ。

「可愛いね、焦らしているの、麗華」

心外なことを言われて、慌てて首を振って否定する。一連の動作が遅いのは、決して焦らしているわけではなく、手が震えてしまっているからだ。

麗華の事情などお見通しだろうに、それでも辰郎は意地悪く笑って手を伸ばしてくる。

「困ったな。焦らされて、もう我慢できない。手伝ってあげるよ」

言いながら、麗華のタイトスカートのファスナーを下ろしてしまう。重力に負けてストンと床に落ちたスカートに、麗華は小さな悲鳴を上げたが、しゃがみ込むことは許されなかった。辰郎の腕がしっかりとウエストに巻き付いていたからだ。

「ああ、ちゃんと身に着けていてくれたんだね」

うっとりと言う辰郎の目線が、パンストと下着のみになった自分の下半身に向いていることをひしひしと感じながら、麗華は首まで真っ赤に染め上げて頷いた。

「や、約束、だったもの……」

麗華が今身に着けているのは、蕩《とろ》けるようなチョコレートブラウンの、シルクのショーツだ。それだけなら良かったが、なんとこの下着、総レースだった。つまり、透《す》けているのだ。

これは前の晩、辰郎に「今年のバレンタインは、これを着た麗華を食べたい」と言われて渡された下着だった。上下スケスケのチョコレート色の下着を前に、困惑を隠せない麗華だったが、夫ときたら実に真摯《しんし》な笑顔で「楽しみにしているよ」などと言うから、まるで戸惑う自分の方が恥ずかしいような気にされられてしまい、つい頷いてしまったのだ。

さすがに恥ずかしすぎて隠そうとした手を、辰郎に握られて阻止される。

「ダメだよ。よく見せて」

言いながら辰郎は手早くシャツとパンストも脱がせると、上下お揃いの下着のみという姿になった妻をしげしげと眺めた。

「ああ、麗華。なんて美味《おい》しそうなチョコレートだ」

「……絶対、本物のチョコレートの方が美味《おい》しいと思います……」

ごにょごにょと反論を試みる妻に、辰郎が非常にいい笑顔を向ける。

「まさか！　どんな高級チョコレートだって、あなたには敵《かな》いやしないさ」

言いながら、妻の顎《あご》を指で持ち上げて、真っ赤な顔に自分の顔を寄せた。

「ハッピー・バレンタイン、麗華」

唇が重なる直前に落とされた甘い囁《ささや》きに降参して、麗華はゆっくりと瞼《まぶた》を閉じた。

「営業部の女神」と呼ばれ、周囲に一目置かれている麗華《れいか》が長年恋しているのは、仕事のできるかっこいい営業部長・桜井《さくらい》。バリキャリの見た目に反して奥手な麗華は、彼としゃべるたびに顔を赤くしてしまう。なかなか彼との距離が縮まらずもやもやしていたある日、ひょんなお誘いがあり、麗華は彼と食事へ行くことに。そこから、徐々に上司と部下の関係に変化が……!?

B6判　定価：本体640円＋税　ISBN 978-4-434-28379-6

エリート警視で年上の幼馴染・総一郎《そういちろう》から過保護なまでに守られてきた初海《はつみ》。いい加減独り立ちしたい初海はついに一人暮らしを始めるけれど、彼にはあっさりばれてしまう。しかも総一郎は隣の部屋に引っ越しまでしてきて――!?
「絶対に目を離さない」と宣言されうろたえる初海に「大人になったならもう、容赦はしない」と総一郎は今まで見せたことのない顔で甘く迫ってきて――?

B6判　定価：本体640円+税　ISBN 978-4-434-28226-3

本書は、2017年９月当社より単行本として刊行されたものに、書き下ろしを加えて文庫化したものです。


この作品に対する皆様のご意見・ご感想をお待ちしております。

おハガキ・お手紙は以下の宛先にお送りください。

【宛先】

〒150-6008 東京都渋谷区恵比寿4-20-3 恵比寿ｶﾞｰﾃﾞﾝﾌﾟﾚｲｽﾀﾜｰ8F
（株）アルファポリス　書籍感想係

メールフォームでのご意見・ご感想は右のＱＲコードから、
あるいは以下のワードで検索をかけてください。

アルファポリス　書籍の感想　検索

ご感想はこちらから

エタニティ文庫

女神様《めがみさま》も恋《こい》をする

春日部《かすかべ》こみと

2021年2月15日初版発行

文庫編集ー熊澤菜々子・塙綾子
発行者ー梶本雄介
発行所ー株式会社アルファポリス
〒150-6008 東京都渋谷区恵比寿4-20-3 恵比寿ｶﾞｰﾃﾞﾝﾌﾟﾚｲｽﾀﾜｰ8F
TEL 03-6277-1601（営業）　03-6277-1602（編集）
URL https://www.alphapolis.co.jp/
発売元ー株式会社星雲社（共同出版社・流通責任出版社）
〒112-0005 東京都文京区水道1-3-30
TEL 03-3868-3275
装丁イラストー小路龍流
装丁デザインーAFTERGLOW
（レーベルフォーマットデザインーansyyqdesign）
印刷ー株式会社暁印刷

価格はカバーに表示されてあります。

落丁乱丁の場合はアルファポリスまでご連絡ください。

送料は小社負担でお取り替えします。


ISBN978-4-434-28503-5 C0193